学生国学丛书新编

主编 王 宁
顾问 顾德希

# 古诗源

傅东华 选注
张蒙蒙 校订

创于1897 商务印书馆 The Commercial Press

# 学生国学丛书新编

主　　编：王　宁
顾　　问：顾德希
特约编辑：刘青松
审 稿 组：党怀兴　董婧宸　凌丽君
　　　　　赵学清　周淑萍　周玉秀

# 总序之一

## ——在阅读中走近中华优秀传统文化

王　宁

王云五、朱经农主编的《学生国学丛书》，是一套为中学生和社会普及层面阅读古代典籍所做的文言文选本。它隶属在王云五做总主编的《万有文库》之下，1926年开始陆续由商务印书馆出版。20世纪20年代开始策划时，计划出60种，后来逐渐增补，到1948年据说已经出版了90种；因为没有总目，我们现在搜集到的仅有71种。由于今天弘扬中华优秀传统文化和提高文言文阅读能力的社会需要，我们决定对这套丛书进行适应于现代的加工编辑，将它介绍给今天的读者。

在推介这套丛书的时候，我们保存了原编的主要面貌：选书与选篇基本不变，将原书绪言保留下来，每篇选文原注所选的注点，也作为这次新编的重要参考。这样做是为了尽量借鉴前贤的一些构思和做法，并保留当时文言文阅读水平的基本面貌，作为今天的参考。

《学生国学丛书》是本着商务印书馆“昌明教育，开启民智”的一贯宗旨编选的，阅读群体应当主要是当时的中学生。20年代的中学生阅读文言文的水平显然比今天高一些，因为那时阅读文言文的社会环境与现在不同，虽然白话文已经通行，但书信、公文、教科书和报刊中，都还保留了不少文言文。国文课的师资，很多也是在国学上有一些根柢的文士。在知识界和语文教育界，文言文阅读还不是什么难事。今天，文言文阅读水平既关系到继承和弘扬中华优秀传统文化的效能，又关系到现代社会总体人文素质的提高，应当达到什么程度最为合适？民国时期是可以作为一个基准线的。

《学生国学丛书》体现了20世纪之初一些爱国的出版家和教育家把中华优秀传统文化传承给下一代的情怀、理想和实干精神。他们策划这套丛书的宗旨和编则，可资借鉴的地方很多，他们的实践经验、教育精神和国学学养值得我们学习的地方也很多。这一点，是我们了解了丛书的主编和40多位编选者的情况后感受到的。

丛书的主编王云五、朱经农，都是我国20世纪初爱国、革新的出版家。王云五主编《万有文库》，开创了我国图书出版平民化的新纪元，体现了新文化运动中普及文化教育的先进思想。《学生国学丛书》是《万有文库》里专门为中学生编选的，目的是将弘扬民族文化精华的理念带入初等教育，这在当时不能不说是有远见的。两位主编不论在反对封建帝制的革命中，还是在民族危难的救国图强斗争中，都有可圈可点的事迹，值得钦佩。与两位主编合作的40多位编写者，多是辛亥革命的参与者和新文化运动的前沿人物。他们熟悉古代文典，对中国文化理解通透，领悟深刻，又有强烈的反封建意识；其中很多都在中小学教育领域里有过丰富的实践经验，教过国文，编过教材，研究过教法。这里有我们十分熟悉的教育家和文学家，如我国现代教育特别是语文教育的领军人物叶绍钧（他后来的名字是叶圣陶），新文化运动的先驱者、中国革命文艺的奠基人之一、著名作家茅盾（他当时的名字是沈德鸿，后来为大家熟悉的姓名是沈雁冰）。这两位，多篇作品都被收入中学语文课本，20世纪50年代以后的老师、同学是无人不知的。其他如著作丰厚、名震一时的藏书家胡怀琛，国学根柢深厚、考据功底极深、《中国人名大辞典》《中国古今地名大辞典》的主要编写人臧励龢，我国语文教育的改革家庄适等。

20世纪初的中国社会，多种文化思潮纷纭杂沓：改良主义者提出“师夷制夷”“严祛新旧之名，浑融中外之迹”的折中主张；历史虚无主义者在“全盘西化”的徽帜下将西方的一切甚至文化垃圾照单全收；殖民主义文化论者叫嚣中国道德一律低级粗浅，鼓吹欧洲人生活方式总体文明高超；另一方面，封建复辟野心家的代言人则一味复古，用古代的文化糟粕来抵抗新文化的建构。这些，都对比出爱国的出版家、学问家、教育家既要固本又要创新的理想和实践精神的可贵；也让我们认识了新文化运动及革命文学的前沿人物坚守教育阵地的不懈努力，懂得了他们的编纂意图和深厚学养。保留丛书主要面貌，就是对他们成果的尊重和信任。

随着中华优秀传统文化的广泛传播，随着中小学语文教学改革的深入发展，在读书成为教师、家长和渴求文化的大众普遍要求之时，文言文阅读将会是其中一个重要的内容。有人说，文言只是一种古代的书面语，口语交际和现代文本已经不再使用，我们为什么还要学习文言文呢？在推介这套丛书的时候，我们有必要来回答这个问题。

文言是古代知识分子和正统教育使用的书面语言，具有超越时代、超越方言的特性，因而也同时具有了记载数千年中华民族灿烂文化的主要功能，它是与中华民族文明史共存的。许慎《说文解字叙》说汉字的作用是“前人所以垂后，后人所以识古”，这两句话即是对汉字记录的文言说的。我国历史悠久，文化遗产丰富，用文言记录的历史文献，用文言撰写的文学作品，多到不可计数，只有学习它，才能从古知今，以史为鉴。文言所记录的，不仅是古代社会的典章制度和政治经济，还有先贤哲人的人生经验和思想哲理，让我们看到中华民族一代又一代人的智慧。想想看，如果我们及早领会了古人“斧斤以时入山林”的采伐规则，便不会过度开发建材，造成那么多秃山荒岭，把气候搞得这样糟糕。我们读过也理解了“今之孝者是谓能养。至于犬马，皆能有养。不敬，何以别乎”这段话，就会在对待长者时，把他们的尊严看得和他们的生计同等甚至更加重要！“防民之口甚于防川”“水能载舟亦能覆舟”，这是对阻塞言路者多么深刻的警醒。在道德重建的今天，中国传统道德中“己所不欲勿施于人”的利他主义，“爱民”“富民”“民为重”的民本思想，“以不贪为宝”的清廉品德，“志士不忘在沟壑，勇士不忘丧其元”的大义凛然态度，“吾日三省吾身”的自律精神，“君子怀刑”的守法意识，……这些，即使在今天的一般阅读中，也已经深入人心。可以想见，进入深度阅读后，我们一定会受到更多的启迪，在阅读中产生更多的惊喜。著名的国学大师、革命家和思想家章太炎，1905年7月15日在东京留学生欢迎会上演讲时说：“近来有一种欧化主义的人，总说中国人比西洋人所差甚远，所以自甘暴弃，说中国必定灭亡，黄种必定剿灭。因为他不晓得中国的长处，见得别无可爱，就把爱国爱种的心日衰薄一日。若他晓得，我想就是全无心肝的人，那爱国爱种的心，必定风发泉涌，不可遏抑的。”阅读文言文，就是要使我们具有这种文化自信。是的，遗产是有精华也有糟粕的，古代的未必都适合今天；我们只有真正读懂文典，将历史面貌还原，再有了正确的价值观，才能辨析断识，而不是道听途说，更不会受人蛊惑。在这个意义上，文言文阅读作为吸收中华优秀传统文化的必要途径，绝不是可有可无的。

文言文阅读是产生汉语正确语感的一个重要源泉。汉语不是一潭死水，从古到今，不知吸收了多少其他民族的词汇和句法，也曾经夹杂着很多不雅甚至不洁的成分；但是，文言经过数千年的洗涤、锤炼，已经渐渐将切合者融入，不切合者抛弃。经过大浪淘沙、优胜劣汰而能流传至今的美文巨制，会更加显现汉语的特点。而现代汉语刚刚一个世纪，在根柢不深、修养不佳的人们的口语里、文辞中，常常会受外语特别是英语的影响，受不健康的市井俚语的侵染，产出一种杂糅的语言。我们想在运用现代汉语时真正体现出汉语的特点，比如词汇丰富、句短意深、注重韵律、构造灵活等，提高用健康、优美的汉语表达正确、深刻的思想的能力，文言会带给我们一些天然的汉语语感。热爱自己的本国语言，不断提高运用汉字汉语的能力，这是每一个人文化素养中最重要的表现；克服语言西化、杂糅的最好办法，是在学习规范、优美的现代汉语的同时，对文言也有深入的感受和体验。

文言文阅读还是从根本上理解现代汉语的重要条件。人们都认为现代汉语与文言差别很大，初读时甚至感到疏离隔膜、难以逾越。其实，汉语是一种词根语，词汇和语义的传衍非常直接，文言中百分之七十的词汇、词义，在现代汉语的构词法里都能找到。在书面语里，文言单音词的构词能量有时会比口语词更强。经过辗转引用积淀了深厚文化底蕴的典故、成语，成为使用汉语可以撷取的丰富宝库。如果我们对文言一无所知，是很难深入理解现代汉语的。有些人认为，在语文教学中现代文阅读和文言文阅读是两条线，其实，在词汇积累层面上，应该把它们并成一条线。学习文言与学习现代汉语，在积累词汇、理解意义、体验文化、形成语感方面是相辅相成的。

在推介《学生国学丛书》的时候，我们也有另外一重考虑。这套丛书毕竟经过了将近一个世纪，时代和社会都发生了根本的变化，我们有了更加明确的核心价值观和适应于现代的审美意识，语言、文字、文学、文献、教育都有了更新的研究成果，对丛书进行适度的改编，也是绝对必要的。所以，这次新编，我们主要做了五项工作：第一，为了今天在校学生和普通读者阅读的方便，改竖排为横排，标点符号也随之改为现代横排的规范样式。第二，变繁体字为简化字，在繁简转换的过程中，对在文言文语境中有可能产生意义混淆的用字，做了合理的处理。第三，采用今天所见较好的古籍版本对原书的选文进行了审校，订正了文句的错、讹、脱、衍。第四，对原书的注释进行了修改、加工、调整，使注释更加准确、易懂，对地名和名物词的解释，也补充了最新的资料。第五，撰写了新编导言，放在原书绪言的前面。原编者和新编者对同一部书和同一篇文的看法，或所见略同，或相辅相成，或角度各异，或存在分歧，都能促进阅读者的思考和讨论，引发延展性学习，带动更多篇目和整本书的阅读。

《学生国学丛书》本来是一套开放的丛书，我们还会根据教学和读者的需要，补充一些当时没有被选入的优秀古代典籍的选本，使新编的丛书不断丰富。

我国每年有将近两亿的青少年步入基础教育，一个孩子有不止一位家长，这是一个多么庞大的读书群体。将一个世纪以前的《学生国学丛书》通过新编激活，让它走进一个新的时代，更好地发挥它在语文教育和弘扬我国优秀传统文化中的作用，这是我们之所愿，也希望能使编写这套书的前辈们夙愿得偿。

# 总序之二

## ——植入健康的文化基因

顾德希

优秀的传统文化是中国人的精神家园。学生多读些国学典籍，将有助于把优秀传统文化的基因植入肌体。王宁老师的“总序”，对本丛书的这一编辑意图已有深入全面的阐释，我打算就如何阅读这套丛书，或者说如何阅读文言文，做些补充性说明。

这套丛书的每一本，都专门写了新编导言。这是今日读者和原书连接的桥梁。人们常把桥梁喻为过河的“方法”，所以也可以说，新编导言之所谓“导”，就是力图为各类学生和更多读者提供一些阅读的方法。

这套丛书有好几十本，都是极有价值又有相当难度的国学经典，如不讲究阅读方法，编辑意图的实现会大打折扣。但这些经典差异性很大，《楚辞》和《庄子》的阅读肯定很不同,《国语》和《周姜词》的阅读方法差别就更大,即使同是词,读《苏辛词》与《周姜词》也不宜用完全相同的方法。因此本丛书新编导言所提供的阅读方法,针对性很强,因书而异。但异中有同,某些共性的方法甚至更为重要。不过,这些共性的方法渗透在每一篇导言中,未必能引起足够重视。下面,我想谈谈文言文阅读的四个具有共性的方法。

一、了解作者和相关背景,了解每本书的概貌,对每本书的阅读都很重要,这毋庸置疑。但一般读者了解这类相关知识,目的仅在于走近这本书。因而涉及作者、背景、概貌等,导言中一般不罗列专业性强的知识,而诉诸比较精要的常识性叙述。比如对《吕氏春秋》作者吕不韦,并没有全面介绍,也没有像过去那样从伦理道德上对这个历史人物加以贬抑,而只侧重叙述了他作为政治家的特点,因为明乎此便很有助于了解《吕氏春秋》。又如《世说新语》的成书背景有其特殊性,也需要了解,但限于篇幅,叙述的浓缩度很大。凡此种种必要的常识,新编导言里一般是点到为止,只要细心些,便不难从中获得多少不等的启发。兴趣浓厚者,查找相关知识也很容易。

二、借助注解疏通文本大意之后,就要反复诵读。某些陌生的词句,更要反复诵读。一句话即使反复诵读二十遍也用不了两三分钟，但这两三分钟却非常重要。

“诵读”是出声音的读，但并不是朗诵。大家所熟悉的现代文朗诵，不完全适用于文言诗文。朗诵往往是读给别人听，诵读却是读给自己听。古人所谓“吟咏”，是适合于当时人自己感悟的一种诵读。今天的诵读，用普通话即可，节奏、抑扬、强弱、缓急，都无客观规定性，可随自己的感受适当处理。如果阅读文言文而忽略了诵读，效果至少打一个对折。不念出声音的默读，是只借助视觉器官去感知；出声音的诵读，是把视觉、听觉都动员起来的感知，其所“感”之强弱不言而喻。而且一旦读出声音，就让声带、口腔等诸多器官的运动参与进来了，凡诉诸运动器官的记忆，最容易长久。会骑车的人，多年不骑，一登上车还是会骑。因为骑车的感觉是一种运动记忆。文言语感的牢固形成与此类似。古人所谓“心到、眼到、口到”之说，实在是高效形成文言语感的极好方法。不管是成篇诵读，片段诵读，还是陌生词句的反复诵读，都是提升文言文阅读能力的好办法。本丛书的每一篇新编导言并未反复强调“诵读”，但各种阅读建议无不与某些片段的反复读相关。既读，就要“诵”，这是文言文阅读的根本方法。

三、应用。这是与文言翻译相对而言的。把文言文阅读的重点放在“翻译”上，副作用很多。一是不可避免信息的丢失。概念意义、情味意蕴，都会丢失。课堂教学中让学生把一篇文言文从头到尾“对号入座”地搞翻译，是文言教学中的无奈之举。一句一句，斤斤计较于文言句法词法和现代汉语的异同，结果学生的诵读时间没有了，刻意去记的往往是别别扭扭的“译文”，而精彩的原文反倒印象模糊，这不是买椟还珠吗！所以，在疏通大意、反复诵读的同时，一定要重视“应用”。应用，就是把某些文言词句直接“拿来”，用在自己的话语当中。比如，在复述大意时，在谈阅读感受理解时，不妨直接援引几句原话。如果能把原文中的某些语句就像说自己的话一样，自然而然地穿插到自己的述说中，那就是极好的应用。本丛书新编导言中援引原作并有所点评、有所串释、有所生发之处很多，但绝不搞对号入座的翻译，这不妨看作文言文阅读方法的一种示范。新编导言中有很多建议，要求结合作品谈个什么问题，探究个什么问题，都不同程度地含有这种“应用”的要求。

四、坚持自学。这套丛书，为学生自学文言文敞开了大门。学生文言文阅读的状况永远会参差不齐。同一个班的高中生，有的已把《资治通鉴》读过一遍，有的能写出相当顺畅的文言文，但也有的却把“过秦论”读成“过奏论”，这是常态。只靠面对几十个人的文言课堂讲授，几乎不可能使之迅速均衡起来。只有积极倡导自主性学习，才可能有效提高教学质量。本丛书的新编导言，高度重视对文言自学的引导。每篇新编导言都就怎样去读提出许多建议。这些建议有难有易，不是要求每一个人全都照着去做。能飞的飞，能跑的跑，快走不了的慢走也很好。新编导言在“导”的问题上，从不同层次上提出不同建议，相信各类学生都能找到适合自己的要求。只要选择适合自己或者自己感兴趣的要求，坚持不懈去“读”，去“用”，文言文的自学一定会出现令人惊喜的成果。从这个意义上说，本丛书的每一本，都是适合于各类读者自学国学经典的好读本。每一本中经过精心处理的注解，是自学的好帮手；而每一篇新编导言，又都可对自学起到切实的引导作用。只要方法对，策略恰当，那么这套丛书肯定能帮助我们有效提高文言文阅读水平。

目前，在深化高中语文课改的大背景下，很多学校高度重视突破过去那种一篇篇细讲课文的单一教学模式，开始重视“任务群”的学习，重视整本书的阅读，重视选修课的开设，重视校本课程的建设。在这样的大背景下，如果学校打算从本丛书中选用几本当作加强国学教育的校本教材，那么“新编导言”对使用这本书的教师来说，也可起到某种“桥梁”作用。

不管用一本什么书来组织学生学习，都必须对学生怎样读这本书有恰当引导。这是提高教学质量的一定不移之理。恰当的引导，要有助于各类学生更好地进入这本书的阅读，要有助于各类学生更好地开展自主性学习，要使之在文本阅读中进行有益的探究，并获得成功的喜悦。为了使新编导言的“导”能起到这样的作用，本丛书专门组织了多位一线优秀教师先期进入阅读，并把成功教学经验融入新编导言。因此，我们有理由相信，新编导言可以成为组织学生学习活动的有益借鉴。导言中结合具体作品对阅读所做的那些启发、引导，针对不同水平读者分层提出的那些建议，都将有助于教师结合自己学生的实际情况进一步拟出付诸实施的具体导学方案。

我相信，只要阅读文言文的方法恰当，只要各类读者从实际情况出发，循序渐进地学，优秀传统文化的基因就一定能更好地植入肌体。

# 目　录

## 乐府

## 古诗

# 新编导言

《古诗源》是清代著名诗人、诗论家沈德潜（1673—1769）选编的一部诗集，其目的在于纠正明初以来诗坛过分株守唐诗的弊端。沈德潜追溯唐诗之源而及古诗，明确的求源意识，使得他以“并登真伪”“存而不论”的态度，从经史、诸子中广求韵语，杂录古逸。除《诗经》《离骚》以外，从“郊庙乐章”到“童谣里谚”无不备采；于汉魏以后的诗歌，也本着取其精华的态度进行抉择。沈德潜以精到的眼光，将隋以前的诗歌名篇700余首选入《古诗源》中。

傅东华先生所作的《古诗源》选注，是在沈德潜《古诗源》基础上的选编与注释，由于时代背景和认识理念的变化，已与原书的面目有很大不同。他的主要目标，是在《学生国学丛书》体系中选出一部上承《诗经》《楚辞》，下接《陶渊明集》的汉魏至晋代的诗歌集。因此，他做了如下工作：一是对原集进行了大幅削删，仅保留了原集约三分之一的数量；删去陶渊明以后的诗歌，以形成一段独立的诗歌发展阶段。二是调整了原书的编排方式，将以时代为序变为以体裁为序，如以“歌谣”“乐府”“古诗”分类编排，使类别更加明晰，为阅读提供了便利。三是增加注释，便于理解。我们则在此次整理时，进一步修订了傅注中难以理解的部分，使之便于今天的阅读。

傅东华先生将原书分成歌谣、乐府、古诗三个类别，我们的阅读，也应针对这三个类别的内容采取不同的策略。

首先，“歌谣”部分，一方面，应当清楚，经史、诸子所记的内容与其创作时代不同，经史文本中的歌谣与独立创作的诗作也有异，它们更多是著作者加工后的产物；另一方面，这些歌谣既然出现在特定的语境当中，它们对于传递思想理念和塑造人物都大有裨益，甚至是起到画龙点睛的作用。因此，阅读这部分歌谣，最重要的是体会它们在文本中所发挥的作用。如所谓尧舜时的谣谚《击壤歌》《南风歌》《弹歌》等，多传达出对原始质朴生活的歌颂，对自然界的赞叹等；商周时的歌谣，如《麦秀歌》《采薇歌》等则传达出对兴衰易代的伤悲和忧愤；《左传》《论语》中的谣谚更多体现民众等对时政、时事或人物的态度、评价；史传中的歌谣多为了塑造人物而服务，典型的如刘邦的《大风歌》与项羽的《垓下歌》等。处于历史变动中的英雄或悲剧人物，往往在一瞬间迸发出了蓬勃的生命力，他们通过歌谣将幽怨悲壮或慷慨意气淋漓尽致地展现出来。如易水旁的荆轲、别离之际的苏武、因言被免的杨恽，理解这些人物的歌谣，需要回到他们所处的时代背景中体会。在这方面，傅东华先生的注释为我们提供了具体的语境，给我们的理解带来了极大的便利。同时，这些歌谣内涵丰富，简练质朴，蕴含哲理。在艺术性上也别有特色，“风、山、水、海、云”“秋、寒、清、冷”“远遥、万里、一方”等词语的运用，使这些歌谣意境宏阔、意象鲜明。而语气词（如“兮”）和反问句的使用，往往使得歌谣所传递出的感情直率、质朴而强烈；它们大部分在节奏上简洁明快，没有太多的修饰和雕琢，但叠章的运用又使得诗歌有韵律感。这些谣谚中不乏优美的篇章，如李延年的《北方有佳人》等，至今仍脍炙人口。

其次，对“乐府”部分，需分类别进行阅读。“乐府”为汉武帝始设的音乐官署，负责采诗、谱曲和训练乐工。经加工、制谱后的乐诗被称为“乐府诗”，简称“乐府”。《古诗源》所收乐府诗，按时段划分，可以分为汉乐府和魏晋乐府。其中汉乐府，沈德潜认为当分类而观，即：“《安世房中歌》，诗中之雅也。汉武郊祀等歌，诗中之颂也。《庐江小吏妻》《羽林郎》《陌上桑》等篇，诗中之国风也。乐府中亦具三体，当分别观之。”（《古诗源·例言》）其中所谓雅、颂等庙堂乐章，显现出在政治上对皇权的颂扬赞美和叙事上对宏大光美的追求。但就文学性而言，这些诗歌典雅古奥、艰涩难通，因循继承较多，而开创性较少。汉代的民间乐府则富于文学价值，一类是短篇抒情之作，多展现出平民百姓的喜怒哀乐，如《战城南》是托士兵妻子口吻对战争的谴责，《有所思》是女子被遗弃后的幽怨之作，《江南》是采莲女子所唱情歌，《长歌行》是感物叹逝之作；另一类则是长篇叙事之作，如《陌上桑》《孤儿行》和《孔雀东南飞》等。《陌上桑》和《羽林郎》主题相似，讲述女子拒绝官吏引诱调戏的故事，通过对比，赞扬了女子的聪慧坚贞，并带有民歌意趣。《孔雀东南飞》描述了刘兰芝与焦仲卿的婚姻悲剧，是我国古代最长的叙事诗，代表了乐府叙事诗的最高成就，与北朝的《木兰诗》合称“乐府双璧”。汉末社会的剧烈变化，使得文人形成了“感于哀乐，缘事而发”的文学风气，具有代表性的是曹氏父子。他们借乐府以写时事，如《薤露》和《蒿里行》都是借乐府丧歌来哀悼国家的丧乱，这正是曹操所开创的乐府诗新精神。其余如缪袭《克官渡》《屠柳城》等亦属此类，只是从侧面歌颂魏武帝的功业。《苦寒行》则是曹氏基于历史背景的个人抒情之作，可谓苍凉悲壮、意境深远。曹操对乐府诗的贡献，还在于开创四言的新境界，其名作《短歌行》铿锵跌宕、气势纵横。曹丕是在乐府方面作出重要贡献的诗人，尤其是在七言体式上。《燕歌行》开七言之先，全诗气韵畅达，化用古语而无堆砌之感。曹植的独特经历和政治抱负，使他的乐府歌辞品类丰富、风格多样，如《白马篇》以游侠自况，视死如归的形象正是作者自己的夙愿；《名都篇》《吁嗟篇》，或意寓讽刺，或抒情咏怀，都体现了他的独特风格。

最后，是对古诗的阅读，可从体式和风格两大方面着手。体式上的发展，正如傅东华先生在《绪言》中所言，是五言体式的形成；风格上最为主要的，则是“建安风骨”“正始之音”和“太康文学”。《古诗源》所收古诗，在歌谣之后，即是汉代诗歌。但是苏武、李陵赠答和班婕妤的诗，自《文心雕龙》起就被疑系后人伪托，现在一般论定为魏晋时人所作；《古诗源》所收汉末个人诗歌作品中，成就最高者，当属叙述蔡琰血泪遭遇的五言长篇《悲愤诗》。全诗108句，以悲愤之情叙写汉季战乱下社会历史的真实情况，展示出个人悲剧和时代悲剧的双重交织。汉末《古诗十九首》的出现，则标志着五言诗的成熟。《十九首》地位崇高，被后人誉为“五言冠冕”“一字千金”。虽非一人一时之作，且各自成篇，但这些诗篇却有着相似的主题，即羁旅之士的悲愁和幽怀怨女的哀思。在艺术手法上《十九首》也变化多端，或委婉含蓄、余意无穷，或慷慨激昂、淋漓尽致。《十九首》的作用承上启下，是建安诗风前奏。“建安风骨”的代表，是曹氏父子和“建安七子”。曹操的主要成就在乐府，前已述及。曹丕的诗则语言自然，文采清绮，善写男女相思、游子思归之情，所选《杂诗》是其情韵俱胜之作。曹植可称为此时期文学成就最高者，无论在文思、辞藻，还是对后世影响方面，都胜过其父兄。本书所选他前期赠答之作，如《送应氏诗二首》表现了对战乱后凄惨的社会现实的关注以及惜别之情；曹植的后期五言，则多表现了在被贬斥下忧戚哀思之情，如《七哀诗》借闺怨以托讽，名作《赠白马王彪》更是慷慨激烈。其余王粲、徐干、刘桢、应玚等，也各有特色。

魏末正始之后，诗风又为之一变。司马氏篡权夺位中的高压手段，使得文士为寻求解脱而思想上逐渐趋向老庄，诗歌带有玄学意味，形成了清峻的“正始之音”，代表是“竹林七贤”中的阮籍、嵇康等。阮籍的代表作《咏怀》诗或抒发愤懑、鞭挞礼法，或借古喻今、抨击现实，或虚无入道、寻求解脱。在思想上变化多端，在感情上幽深高浑，典型地体现了“正始之音”的特色，对后世影响极大。嵇康的代表作是四言《赠秀才入军》和《幽愤诗》，前者是兄长嵇喜参军后嵇康赠他的怀念之作，意境通脱高远，也有谈玄入道的思想；后者则是被幽禁狱中的最后自觉，直抒愤慨，多清峻之语。

西晋太康年间出现了短暂的繁荣。此时诗风也相应地发生了变化，即《文心雕龙》所云“采缛于正始，力柔于建安”，其诗句法讲究对偶骈丽，内容缺乏深邃性。陆机、潘岳、左思等太康文人中，以左思成就最高，其诗风承汉魏，不重骈偶，《咏史八首》笔力苍劲，即为代表。西晋末年，社会动荡，经“八王之乱”“五胡乱华”之后，东晋的南渡文士寄身江左。玄学之风流行下，他们寄言老庄，造成玄言诗流行。郭璞的《游仙诗》是其代表，于隐逸求仙中又隐含着忧生之叹，显示出他诗歌玄言之外的独创性。

以上是对傅东华先生所选注《古诗源》中诗歌内容、风格的简要梳理。我们阅读诗歌时，不仅要注意诗作与作者的关系，同时也要关注诗作和时代的关系。在鉴赏不同时代作品时，梳理诗歌发展的脉络；在阅读同时代、同体式的作品时，能异中求同、同中求异，这对我们全面地理解诗歌无疑是会有帮助的。

# 原书绪言

“古诗”这个名词，在向来的用例上，意义很是复杂，应该首先分别清楚：

（一）是与“唐诗”相对待的名词：凡是唐以前的诗都叫做“古诗”，如《古唐诗合解》，如沈德潜选的《古诗源》，都属于这个用例。

（二）汉魏之际有许多无名诗人的作品，向来都一律叫做“古诗”，如《古诗十九首》及《上山采靡芜》等诗。

（三）是与“乐府”相对待的名词，如说《孔雀东南飞》是乐府，《十九首》是古诗。批评家因有辨别古诗和乐府的种种讨论。

（四）是与“近体诗”或“今体诗”相对待的名词。近体诗就是律诗和绝句，都有一定的格律，且只以五言、七言为限。凡不守律诗和绝句的格律的就是“古诗”，或称“古体诗”，或简称“古体”。

我们把这四种用例细细研究一下，就觉得第一个用例是不通的。因为“唐诗”，只不过是一个时代的诗的名称，和“唐诗”相对待的，应该是“汉诗”“魏诗”，或者是“宋诗”“明诗”。若因唐代的诗特别发达，就当它是一种特殊的作品，而把唐以前的诗统名为“古诗”，以相对待，那末唐以后的诗又该叫做什么呢？这种不通的地方，是由于把唐诗看得太重，好像“诗”就只是唐诗是的：这样的成见，我们第一应该打破。

第二、第三两种用例的“古”字，意义也很不确定：因为“古”若是单指汉魏之际的无名诗人而言，那末比他们更“古”的无名氏作品——如《诗经》里的诗篇——又该叫什么呢？

只有第四种用例是合理的；因为古体诗和近体诗的分别，我们很容易得着一个确实的观念，决不是模糊影响的。且若把“古”字当做诗的体裁的形容词，而不杂以时代的观念，那末说“唐人的古诗”，或说“现时人的古诗”，就都没有什么不通了。

我们依据这条用例，便可在中国的诗史上划出一个很分明的时代。因为人人都承认近体诗是六朝时沈约等人创始的，那末六朝以前才是纯粹古体诗流行的时代。这个时代，我们可以称为“古诗的时代”，它的上端有《诗经》里许多无名诗人的作品，下端有陶渊明的不朽的杰作，前后辉映，为中国诗史上永远的光荣。陶渊明是代表古诗发展的顶点，同时又划分古诗时代的终了和近体诗时代的开端。

这个时代上端的作品，已有《诗经》和《楚辞》做它们的总集了。从《诗经》到陶渊明，中间经过八百余年；这八百余年里面，中国的诗歌经过不少的变迁和发展，就中最重要的现象约有三点：（一）五言诗的成立；（二）乐府的产生；（三）从无名氏的群众诗人到作者的个人诗人，及无名氏作者之复兴。

若单就诗句的字数而论，《诗经》里已有不少五言的单句，即如刘勰所说："《召南·行露》，始肇半章；孺子《沧浪》，亦有全曲。"但毕竟与后来五言诗的风格不同。赵翼以苏、李赠答及《古诗十九首》为始，那末五言诗之成立是在西汉；但苏、李之诗，本身已属可疑，即《古诗十九首》为枚乘所作之说，也早已打破。我们现在不必深考五言诗究竟起于什么时候，只须晓得如所谓苏、李赠答及《古诗十九首》一类的作品，确乎另外有一种风格，决非从前的四言诗所有的。这种五言诗的成立，是我们的诗史上一件极可喜的事情；因为四言诗自《诗经》而后便没有什么精采的作品，若没有五言诗起来代替，诗的途径就不免要穷了。

至于这种五言诗的极盛时代，大约是在建安（公元196—219年）左右。因为钟嵘在他的《诗品》里说："'去者日以疏’四十五首，虽多哀怨，颇为总杂，旧疑是建安中曹、王所制。”我们现在看“骨肉缘支叶”等篇的风格，很是相像，也许都是建安前后的产物。

乐府本是合乐的辞。我国自古帝王都有乐，但汉以前的乐章今已不存；汉代乐章现在存的还不少。但乐府所以能在诗的领土里占一个重要的地位，却不在这些郊祀行军的乐章，而在所谓“匹夫庶妇，讴吟土风”的作品（如《陌上桑》《孤儿行》等）。这些作品，大都是不知作者姓名的；它们足以上继《诗经》的国风，又替我们的诗国开辟一块新鲜的疆土；假如没有这些作品，我们的诗史就该贫枯的多了。这些无名氏乐府的产生，大约也在汉魏之际，就中如《孔雀东南飞》《羽林郎》《董娇娆》等作，又是我们最好的故事诗。

《诗经》的诗篇，都是出于无名氏的作家的，其中有一部分——特别是国风里的诗篇——且并不出于个人的作家，而是一个群众所作。这个群众，就是所谓“匹夫庶妇”所组成；那时并没有所谓“诗人”的一个阶级。所以这些诗的生命，并不在表面的文字上，而在文字背后的一种东西——人生。《诗经》以后，诗的制作就落在个人作者的手里，而且不幸这些个人作者又大都属于士大夫的阶级或文士的阶级，因此诗就遭了两重厄运：（一）诗的注重点离开实际的人生而倾向文字的典雅；（二）诗不复是独立的艺术品而成为歌功颂德或惩劝讽谏的应用工具了。

这就是西汉的诗的现象。

西汉本不是产诗的时代，其时少数的诗，如韦孟的《讽谏诗》，司马相如的《封禅颂》等，除开文字上称得典重外，实在毫没有诗的美趣。至如梁鸿的《五噫》，还算差强人意。真正具有诗才的，只武帝一人而已。

东汉的诗人，要算班固、张衡及蔡邕父女。其时五言诗已经逐渐成熟，诗界颇呈生气，而女作家蔡琰的《悲愤诗》，尤极难得。

曹氏父子所以能称雄于一代的诗坛，虽则是天才使然，却也很受那些无名作品的影响。至于建安七子——孔融、陈琳、王粲、徐干、阮瑀、应玚、刘桢——则因倾向于古典，便都没有伟大的成功了。

降及晋代，只有阮籍的《咏怀》，还算不无诗趣，此外作者，不是完全模仿（如束皙的《补亡诗》），便是堆垛典故。他们的诗，大半都是集句一般的东西，往往割裂古人的辞句补缀成文，自己绝对不敢创作，例如郭璞一流的诗，简直是《事类赋》一类的东西了。幸亏后来出了一个天纵的诗人（陶渊明），将这个乌烟瘴气的诗坛一扫干净；否则中国的诗史怕从此就可告终了。

以上就是这个八百余年的古诗时代的变迁的概略。总之，诗从无名诗人的手里落到士大夫的手里，往往是诗的厄运；但到厄运走穷的时候，往往又有一批无名诗人或一个卓异的天才，创出一种新的体裁或新的风格，以相救济。如是，诗的生命才可以继续，才可以发展。这不但古诗时代如此，后代也如此；不但中国的诗如此，其他民族的诗也莫不如此。

傅东华

一九二七年十月

# 歌谣

## 击壤歌[①]

日出而作，日入而息。凿井而饮，耕田而食：帝力于我何有哉？

## 康衢谣[②]

立我蒸民[③]，莫匪尔极[④]。不识不知，顺帝之则。

---

① 《帝王世纪》："帝尧之世，天下太和，百姓无事，有八九十老人击壤而歌。"壤，rǎng，古时游戏器具；以木为二壤——前广后锐，形如履——先置一壤于地，遥于三四步外以手中壤击之，击中者为上，谓之击壤。（见《三才图会》）

② 《列子·仲尼》："尧治天下五十年，不知天下治欤，不治欤？不知亿兆之愿戴己欤，不愿戴己欤？……乃微服游于康衢，闻儿童谣（云云）。尧喜问曰：'谁教尔为此言？'童儿曰：'我闻之大夫。'问大夫，大夫曰：'古诗也。'"

③ 蒸民，众民。

④ 极，中正。《诗·周颂·思文》："立我烝民，莫匪尔极。"言众民无不于尔得其中正。

## 卿云歌[①]

卿云烂兮[②]！纠缦缦兮[③]！日月光华，旦复旦兮！

## 八伯歌[④]

明明上天，烂然星陈。日月光华，弘于一人[⑤]。

## 帝载歌

日月有常，星辰有行[⑥]。四时从经，万姓允诚[⑦]。于予论乐，配天之灵。迁于贤善，莫不咸听。鼚乎鼓之[⑧]，轩乎舞之[⑨]。菁华已竭，褰裳去之[⑩]。

---

① 《尚书大传》："舜将禅禹，于是俊乂百工，相和而歌《卿云》，帝倡之，八伯咸稽首而和，帝乃载歌。"

② 卿，通"庆"，喜庆。《史记·天官书》："若烟非烟，若云非云，郁郁纷纷，萧索轮囷，是谓卿云。卿云，喜气也。"

③ 纠，聚。言云丛聚也。缦缦，云出岫迁缓回薄而难以名状。

④ 八伯，主八州之长官。

⑤ 弘，大。言如日月光华之弘大。

⑥ 行，háng，轨道。

⑦ 允诚，诚实。

⑧ 鼚，chāng，鼓声。

⑨ 轩乎，舞貌。

⑩ 褰裳，揭衣。谓己菁华已竭，将禅位于禹。

## 南风歌[①]

南风之薰兮[②]，可以解吾民之愠兮[③]。南风之时兮，可以阜吾民之财兮[④]。

## 麦秀歌[⑤]

麦秀渐渐兮[⑥]，禾黍油油[⑦]！彼狡童兮[⑧]，不与我好兮！

---

① 《孔子家语》："舜弹五弦之琴，歌《南风》之诗。"《史记·乐书》："昔者舜作五弦之琴，以歌《南风》。"裴骃集解引王肃曰："《南风》，育养民之诗也。"

② 薰，和煦。

③ 愠，含怒貌，恨貌。

④ 阜，盛，多。

⑤ 《史记·宋微子世家》："箕子朝周，过故殷墟，感宫室毁坏，生禾黍，箕子伤之，欲哭则不可，欲泣为其近妇人，乃作《麦秀》之诗以歌咏之。"

⑥ 渐渐，jiānjiān，麦芒之状。

⑦ 油油，禾黍之苗光悦貌。

⑧ 狡童，谓纣王。

## 采薇歌[①]

登彼西山兮[②]，采其薇矣[③]！以暴易暴兮，不知其非矣！神农虞夏，忽焉没兮！吾适安归矣？吁嗟徂兮[④]，命之衰矣！

## 饭牛歌[⑤]

南山矸[⑥]，白石烂，生不逢尧与舜禅。短布单衣适至骭[⑦]，从昏饭牛薄夜半，长夜漫漫何时旦！

---

① 《史记·伯夷列传》："武王已平殷乱，天下宗周，而伯夷、叔齐耻之，义不食周粟，隐于首阳山，采薇而食之。及饿且死，作歌，其辞曰（云云）。遂饿死于首阳山。"

② 西山，即首阳山，在今山西永济市南。

③ 薇，山菜，茎叶皆似小豆，蔓生。其味亦如小豆。藿可作羹，亦可生食。（见陆玑《毛诗草木鸟兽虫鱼疏》）

④ 徂，往，谓死也。

⑤ 亦名《商歌》，见《三齐记》。《淮南子·道应训》："甯戚欲干齐桓公，困穷无以自达，于是为商旅，将任车以商于齐。暮宿于郭门之外。桓公郊迎客，夜开门辟，任车，爝火甚盛，从者甚众。甯戚饭牛车下，望见桓公而悲，击牛角而疾商歌。桓公……命后车载之。"按，"甯戚"原作"甯越"。

⑥ 矸，gàn，石头白净貌。

⑦ 骭，gàn，胫骨。

沧浪之水白石粲[①]，中有鲤鱼长尺半。敝布单衣裁至骭，清朝饭牛至夜半。黄犊上坂且休息[②]，吾将舍汝相齐国。

出东门兮厉石班[③]，上有松柏兮青且阑[④]。粗布衣兮缊缕[⑤]，时不遇兮尧舜主。牛兮努力食细草，大臣在尔侧[⑥]，吾当与汝适楚国。

## 琴歌[⑦]

百里奚，五羊皮[⑧]。忆别时，烹伏雌[⑨]，炊扊扅[⑩]。今日富贵忘我为[⑪]！

---

① 沧浪，水清貌。
② 坂，bǎn，斜坡。
③ 厉石，即砺石。
④ 阑，通“烂”，鲜明且众多之貌。
⑤ 缊缕，破敝。
⑥ 大臣，作者自命。
⑦ 应劭《风俗通》：“百里奚为秦相，堂上乐作，所赁浣妇自言知音，因抚弦而歌（云云）。问之，乃故妻也。”
⑧ 五羊皮，谓纫五羊之皮为裘，贱者所服。
⑨ 伏雌，伏子母鸡。
⑩ 扊扅，yǎnyí，户扃。炊扊扅，言以户扃为薪。
⑪ 为，语气助词。

## 暇豫歌[①]

暇豫之吾吾[②]，不如鸟乌[③]！人皆集于菀[④]，己独集于枯[⑤]。

## 宋城者讴[⑥]

睅其目[⑦]，皤其腹[⑧]，弃甲而复。于思于思[⑨]，弃甲

---

① 晋优施通于骊姬。姬欲害太子申生而立奚齐，告优施曰："君既许我杀太子而立奚齐矣，吾难里克，奈何？"优施曰："吾来里克（谓转里克之心），一日而已。子为我具特羊之飨，吾以从之饮酒。"乃具，使优施饮里克酒。中饮，优施起舞，谓里克妻曰："主孟（里克妻字）啖我，我教兹（指里克）暇豫事君。"乃歌曰（云云）。里克笑曰："何谓菀？何谓枯？"优施曰："其母为夫人，其子为君，可不谓菀乎？其母既死，其子又有谤，可不谓枯乎？"（见《国语·晋语》）

② 暇，空闲。豫，安乐。吾吾，yúyú，不敢自亲之貌。

③ 言里克欲为闲乐事君之道，反不敢自亲，吾吾然，曾不如鸟乌。

④ 集，留止。菀，yù，茂木貌。

⑤ 己，指里克。喻人皆亲附奚齐，己独亲附申生。

⑥《左传·宣公二年》载郑公子归生受命于楚，伐宋，宋师败绩，囚华元。宋人以兵车百乘、文马百驷，以赎华元于郑。半入，华元逃归。宋城，华元为植，巡功。城者讴曰（云云）。华元使骖乘者答之。役人又复歌之。

⑦ 睅，hàn，出目貌。

⑧ 皤，pó，大腹。

⑨ 思，sāi，通"鬛"，小须。于思，多须之貌。

复来。

## 骖乘答歌

牛则有皮，犀兕尚多[①]，弃甲则那[②]？

## 役人又歌

从其有皮，丹漆若何！

## 鸜鹆歌[③]

鸜之鹆之，公出辱之[④]。鸜鹆之羽，公在外野。往馈之马，鸜鹆跦跦[⑤]。公在干侯[⑥]，征褰与

---

① 犀，xī，兽名，较大象略小，角生鼻端，其皮坚厚，古人常用以制甲。兕，sì，犀之雌者，顶只一角。

② 那，奈何。

③ 《左传·昭公二十五年》："有鸜鹆来巢……师己曰：'异哉！吾闻文、武之世，童谣有之曰（云云）。……今鸜鹆来巢，其将及乎？'"《史记·鲁世家》："昭公九月戊戌伐季氏……三家共伐公，公遂奔。……（二十八年）晋君乃止，居昭公干侯。……三十二年，昭公卒于干侯。鲁人共立昭公弟宋为君，是为定公。"

④ 鸜鹆，qúyù，鸟名，俗名八哥。公出辱之者，言鸜鹆来则公出辱。

⑤ 跦，zhū，跳行貌。

⑥ 干，gān。干侯，晋地。

襦[1]。鸜鹆之巢，远哉遥遥。稠父丧劳，宋父以骄[2]。鸜鹆鸜鹆，往歌来哭。

## 泽门之皙讴[3]

泽门之皙[4]，实兴我役。邑中之黔[5]，实慰我心。

## 忼慷歌[6]

贪吏而不可为而可为，廉吏而可为而不可为。

---

① 褰，qiān，袴。襦，rú，短衣。

② 稠，昭公名。死于外，故“丧劳”。宋，定公名。定公代立，故“以骄”。

③《左传·襄公十七年》：“宋皇国父为大宰，为平公筑台，妨于农功。子罕请俟农功之毕，公弗许。筑者讴曰（云云）。子罕闻之，亲执扑，以行筑者，而抶其不勉者，曰：‘吾侪小人，皆有阖庐以辟燥湿寒暑。今君为一台，而不速成，何以为役？’讴者乃止。或问其故。子罕曰：‘宋国区区，而有诅有祝，祸之本也。’”

④ 泽门，宋东城南门。皇国父白皙而居近泽门。

⑤ 黔，qián，黑色。子罕黑色而居邑中。

⑥ 歌见《孙叔敖碑》。《史记·滑稽列传》：“（楚相孙叔敖）病且死，属其子曰：‘我死，汝必贫困。若往见优孟，言我孙叔敖之子也。’居数年，其子穷困负薪，逢优孟，与言曰：‘我，孙叔敖之子也。父且死时，属我贫困往见优孟。’优孟曰：‘若无远有所之。’即为孙叔敖衣冠，抵掌谈语。岁余，像孙叔敖，楚王及左右不能别也。庄王置酒，优孟前为寿，庄王大惊，以为孙叔敖复生也，欲以为相。优孟曰：‘请归与妇计之，三日而为相。’庄王许之。三日后，（转下页）

贪吏而不可为者，当时有污名；而可为者，子孙以家成。廉吏而可为者，当时有清名；而不可为者，子孙困穷被褐而负薪。贪吏常苦富，廉吏常苦贫。独不见楚相孙叔敖，廉洁不受钱？

## 子产诵[①]

取我衣冠而褚之[②]，取我田畴而伍之。孰杀子产，吾其与之。

我有子弟，子产诲之。我有田畴，子产殖之[③]。子产而死，谁其嗣之。

---

（接上页）优孟复来。王曰：'妇言谓何？'孟曰：'妇言慎无为，楚相不足为也。如孙叔敖之为楚相，尽忠为廉以治楚，楚王得以霸。今死，其子无立锥之地，贫困负薪，以自饮食。必如孙叔敖，不如自杀。'因歌曰：'山居耕田苦，难以得食，起而为吏。身贪鄙者，余财不顾耻辱，身死家室富。又恐受赇枉法，为奸触大罪，身死而家灭。贪吏安可为也？念为廉吏，奉法守职，竟死不敢为非。廉吏安可为也？楚相孙叔敖持廉至死，方今妻子穷困，负薪而食，不足为也！'于是庄王谢优孟，乃召孙叔敖子，封之寝丘。"

① 《左传·襄公三十年》："（子产）从政一年，舆人诵之曰（云云）。及三年，又诵之曰（云云）。"

② 褚，zhǔ，储蓄。奢侈者畏法，故取衣冠而畜藏之。

③ 殖，生殖。

## 蟪蛄歌[①]

违山十里，蟪蛄之声[②]，犹尚在耳。

## 获麟歌[③]

唐虞世兮麟凤游，今非其时来何求？麟兮麟兮我心忧！

## 龟山操[④]

予欲望鲁兮，龟山蔽之。手无斧柯，奈龟山何！

---

① 歌见刘向《说苑·政理》，言政尚静而恶哗。《史记·鲁世家》载孔子曰："甚矣，鲁道之衰也！洙泗之间，龂龂如也！"即恶哗之意。

② 蟪蛄，虫名，蝉属，夏末自朝至暮鸣声不息。

③《孔丛子·记问》载叔孙氏之车子曰钼商，樵于野而获兽焉。众莫之识，以为不祥，弃之五父之衢。冉有告夫子曰："麕身而肉角，岂天之妖乎？"夫子曰："今何在？吾将观焉。"遂往，谓其御高柴曰："若求之言，其必麟乎？"到视之，果信。言偃问曰："飞者宗凤，走者宗麟，为其难致也。敢问今见，其谁应之？"子曰："天子布德，将致太平，则麟凤龟鳞先为之祥。今宗周将灭，天下无主，孰为来哉？"遂泣曰："予之于人，犹麟之于兽也。麟出而死，吾道穷矣！"乃歌曰（云云）。

④《琴操》载季桓子受齐女乐，孔子欲谏不得，退而望鲁龟山作歌，喻季之蔽鲁也。

# 接舆歌[1]

凤兮凤兮[2]，何如德之衰也[3]！来世不可待，往世不可追也[4]！天下有道，圣人成焉[5]；天下无道，圣人生焉[6]；方今之时，仅免刑焉[7]。福轻乎羽，莫之知载[8]；祸重乎地，莫之知避[9]。已乎已乎，临人以德！殆乎殆乎，画地而趋[10]！迷阳迷阳，无伤吾行[11]。吾行却曲，无伤吾足[12]。

---

① 邢昺《论语疏》："接舆，楚人，姓陆名通，字接舆也。昭王时政令无常，乃被发佯狂，不仕，时人谓之楚狂也。"《庄子·人间世》："孔子适楚，楚狂接舆游其门曰（云云）。"（参看《论语·微子》）

② 凤，比喻孔子。

③ 言世之衰盛蔑然不足觉，故曰何如。

④ 言当尽临时之宜耳。

⑤ 成，自生成。

⑥ 生，自求生。

⑦ 免刑，谓可全而免刑伤。

⑧ 福，即全也。轻乎羽，言至易。莫之知载，言不觉其重。

⑨ 言外物寄之，有不胜任者，而莫之知避，此世之大迷。

⑩ 趍，qū，遵循。言有其己而临物，则与物不冥；画地而使人循之，则其迹不可掩。

⑪ 迷阳，言诈狂。无伤吾行，言凡称吾者莫不皆全。

⑫ 却曲，言成其行。无伤吾足，言各自足。

## 渔父歌[①]

日月昭昭乎寖已驰[②]，与子期乎芦之漪[③]。

日已夕兮，予心忧悲！月已驰兮，何不渡为？事寖急兮将奈何！

## 徐人歌[④]

延陵季子兮不忘故，脱千金之剑兮带丘墓。

---

① 《吴越春秋·王僚使公子光传》载伍员奔吴，至江，江中有渔父乘船从下方溯水而上。子胥呼之，谓曰："渔父渡我！"如是者再。渔父欲渡之，适会旁有人窥之，因而歌曰（云云）。子胥即止芦之漪。渔父又歌曰（云云）。子胥入船，渔父知其意也，乃渡之千浔之津。既渡，子胥行数步，顾视渔者已覆舟自沉于江水之中矣。子胥默然，遂行至吴。

② 寖，通"浸"，渐渐。

③ 漪，水波。芦之漪，谓芦荡水成波之处。

④ 刘向《新序·节士》载延陵季子将西聘晋，带宝剑以过徐君。徐君观剑，不言而色欲之。延陵季子为有上国之使，未献也，然其心许之矣。顾反，则徐君死于楚。于是季子以剑带徐君墓树而去。徐人嘉之，而歌曰（云云）。

## 越人歌[①]

今夕何夕兮，搴舟中流！今日何日兮，得与王子同舟！蒙羞被好兮，不訾诟耻[②]！心几烦而不绝兮，得知王子！山有木兮木有枝，心说君兮君不知[③]！

## 越谣歌[④]

君乘车，我戴笠，他日相逢下车揖。君担簦[⑤]，我跨马，他日相逢为君下。

## 琴歌[⑥]

乐莫乐兮新相知，悲莫悲兮生别离！

---

① 刘向《说苑·善说》载鄂君子皙泛舟于新波之中，乘青翰之舟，张翠盖。会钟鼓之音毕，榜枻越人拥揖而歌曰（云云）。于是鄂君子皙乃揄修袂行而拥之，举绣被而覆之。鄂君子皙，楚王母弟也，官为令尹，爵为执珪，一榜枻越人犹得交欢尽意焉。

② 訾，厌恶。

③ 说，通“悦”。

④ 周处《风土记》载越俗性率朴，初与人交，有礼：封土坛，祭以犬鸡，祝曰（云云）。

⑤ 簦，dēng，笠之有柄可手执以行者，如今之伞。

⑥《琴操》载齐人杞梁死，其妻援琴作歌曰（云云）。

## 乌鹊歌[①]

南山有乌，北山张罗。乌自高飞，罗当奈何？
乌鹊双飞，不乐凤凰。妾是庶人，不乐宋王。

## 答夫歌[②]

其雨淫淫，河大水深，日出当心。

## 弹歌[③]

断竹，续竹，飞土，逐宍[④]。

---

① 《彤管集》载韩凭为宋康王舍人，妻何氏美，王欲之。捕舍人，筑青陵之台。何氏作《乌鹊歌》以见志，遂自缢。

② 《彤管集》载王得歌以问苏贺，贺曰："'雨淫淫'，愁且思也。'河水深'，不得往来也。'日当心'，死志也。"

③ 《吴越春秋·勾践阴谋外传》载范蠡进善射者陈音。音，楚人也。越王请音而问曰："孤闻子善射，道何所生？"音曰："臣，楚之鄙人，尝涉于射术，未能悉知其道。"越王曰："然愿子一二其辞。"音曰："臣闻弩生于弓，弓生于弹，弹起于古之孝子。"越王曰："孝子弹者奈何？"音曰："古者，人民朴质：饥食鸟兽，渴饮雾露；死则裹以白茅，投于中野。孝子不忍见父母为禽兽所食，故作弹以守之，绝鸟兽之害。故歌曰（云云）。"

④ 宍，古"肉"字。

## 禳田者祝[①]

瓯窭满篝[②]，污邪满车[③]。五谷蕃熟，穰穰满家[④]。

## 渡易水歌[⑤]

风萧萧兮易水寒[⑥]！壮士一去兮不复还！

## 楚人谣[⑦]

楚虽三户，亡秦必楚！

---

① 《史记·滑稽列传》载楚大发兵加齐，齐王使淳于髡之赵请救兵，赍金百斤，车马十驷。淳于髡仰天大笑，冠缨索绝。王曰："先生少之乎？"髡曰："何敢？"王曰："笑，岂有说乎？"髡曰："今者，臣从东方来，见道旁有禳田者，操一豚蹄，酒一盂而祝曰（云云）。臣见其所持者狭而所欲者奢，故笑之。"《史记索隐》：禳田，谓为田求福禳。

② 窭，lóu。瓯窭，高狭之地。篝，竹笼。

③ 污邪，低洼之田。

④ 穰穰，禾实丰盛貌。

⑤ 《史记·刺客列传》载燕太子丹使荆轲刺秦王，太子及宾客皆白衣冠送之。至易水之上，既祖，取道，高渐离击筑，荆轲和而歌，为变徵之声，士皆垂泪涕泣。又前而为歌曰（云云）。

⑥ 易水，出今河北易县。

⑦ 《史记·项羽本纪》："夫秦灭六国，楚最无罪。自怀王入秦不反，楚人怜之至今。故楚南公曰（云云）。"《史记正义》引虞喜《志林》：南公者，道士，识兴废之数，知亡秦者必于楚。

## 大风歌[①]

大风起兮云飞扬，威加海内兮归故乡，安得猛士兮守四方！

## 鸿鹄歌[②]

鸿鹄高飞，一举千里。羽翼已就，横绝四海。

---

① 《史记·高祖本纪》载高祖还归，过沛，留。置酒沛宫，悉召故人父老子弟纵酒，发沛中儿得一百二十人，教之歌。酒酣，高祖击筑，自为歌诗曰（云云）。

② 《史记·留侯世家》载高帝欲废太子，立戚夫人子赵王如意。吕后恐，不知所为。人或谓吕后曰："留侯善画计策，上信用之。"吕后乃使建成侯吕泽劫留侯，强要曰："为我画计。"留侯曰："此难以口舌争也。顾上有不能致者，天下有四人。公诚能固请，宜来。来则一助也。"于是吕后令吕泽使人奉太子书，卑辞厚礼，迎此四人。上疾益甚，愈欲易太子。留侯谏，不听。及燕，置酒，太子侍。四人从太子，年皆八十有余，须眉皓白，衣冠甚伟。上怪之，问曰："彼何为者？"四人前对，各言名姓。上乃大惊，曰："吾求公数岁，公辟逃我。今公何自从吾儿游乎？"四人皆曰："窃闻太子为人仁孝，恭敬爱士，天下莫不延颈欲为太子死者，故臣等来耳。"上曰："烦公幸卒调护太子。"四人为寿已毕，趋去。上目送之，召戚夫人指示四人者曰："我欲易之，彼四人辅之；羽翼已成，难动矣。"戚夫人泣。上曰："为我楚舞，吾为若楚歌。"歌曰（云云）。歌数阕，戚夫人唏嘘流涕。上起去，罢酒。竟不易太子者，留侯本招此四人之力也。

横绝四海，又可奈何！虽有缯缴，将安所施？

## 垓下歌[①]

力拔山兮气盖世，时不利兮骓不逝[②]！骓不逝兮可奈何，虞兮虞兮奈若何！

## 耕田歌[③]

深耕溉种，立苗欲疏。非其种者，锄而去之。

---

① 《史记·项羽本纪》载项王军壁垓下，兵少食尽。汉军及诸侯兵围之数重。夜闻汉军四面皆楚歌。项王乃大惊曰：“汉皆已得楚乎？是何楚人之多也？”项王则夜起，饮帐中。有美人名虞，常幸从；骏马名骓，常骑之。于是项王乃悲歌慷慨，自为诗曰（云云）。歌数阕，美人和之。项王泣数行下。左右皆泣，莫能仰视。

② 骓，zhuī，黑白相间的马。

③ 《史记·齐悼惠王世家》载齐哀王元年，孝惠帝崩，吕太后称制，天下事皆决于高后。哀王三年，其弟章入宿卫于汉，吕太后封为朱虚侯。朱虚侯年二十，有气力，忿刘氏不得职。尝侍高后燕饮，高后令朱虚侯刘章为酒吏。章自请曰：“臣，将种也，请得以军法行酒。”高后曰：“可。”酒酣，章进饮歌舞，已而曰：“请为太后言耕田歌。”高后儿子畜之，笑曰：“顾而父知田耳。若生而为王子，安知田乎？”章曰：“臣知之。”太后曰：“试为我言田。”章曰（云云）。吕后默然。顷之，诸吕有一人醉，亡酒，章追，拔剑斩之，而还报曰：“有亡酒一人，臣谨行法斩之。”太后左右皆大惊。业已许其军法，无以罪也。因罢。自是之后，诸吕惮朱虚侯。

## 紫芝歌[①]

莫莫高山，深谷逶迤。晔晔紫芝，可以疗饥。唐虞世远，吾将何归？驷马高盖，其忧甚大。富贵之畏人兮，不若贫贱之肆志。

## 瓠子歌[②]

瓠子决兮将奈何[③]！浩浩洋洋兮闾殚为河[④]。殚为河兮地不得宁，功无已时兮吾山平[⑤]。吾山平兮钜野溢[⑥]，鱼弗郁兮柏冬日[⑦]。延道驰兮离常流[⑧]，蛟龙骋

① 《古今乐录》：四皓隐于商山作歌。

② 《史记·河渠书》载武帝元光中，河决于瓠子，东南注钜野，通于淮、泗。于是天子使塞之，辄复坏。自河决瓠子后二十余岁，岁因以数不登，而梁、楚之地尤甚。天子既封禅，巡祭山川。其明年，旱，干封少雨。天子乃使汲仁、郭昌发卒数万人塞瓠子决。于是，天子已用事万里沙，则还自临决河，沉白马玉璧于河，令群臣从官自将军以下皆负薪置决河。是时，东郡烧草，以故薪柴少，而下淇园之竹以为楗。天子既临河决，悼功之不成，乃作歌曰（云云）。于是卒塞瓠子，筑宫其上，名曰宣房宫。

③ 瓠子，地名，在今河南濮阳县西南。

④ 殚，尽。闾殚为河，谓州闾尽为河。

⑤ 吾，yú。《史记集解》引徐广曰："东郡东阿有鱼山，或者是乎？"

⑥ 钜野，泽名，在今山东巨野县北。

⑦ 柏，同"迫"，言冬日行天边，若与水相连。校订者按：弗郁，鱼众多貌。

⑧ 言河之决由于源道延长弛溢，故使其皆离常流。

兮放远游。归旧川兮神哉沛[1]，不封禅兮安知外。为我谓河伯兮何不仁，泛滥不止兮愁吾人！啮桑浮兮淮泗满[2]，久不返兮水维缓。

河汤汤兮激潺湲，北渡回兮迅流难。搴长茭兮湛美玉[3]，河伯许兮薪不属[4]。薪不属兮卫人罪[5]，烧萧条兮噫乎何以御水！隤林竹兮楗石菑[6]，宣防塞兮万福来[7]。

## 秋风辞[8]

秋风起兮白云飞，草木黄落兮雁南归。兰有秀兮菊有芳，怀佳人兮不能忘。泛楼船兮济汾河[9]，横中流兮扬素波。箫鼓鸣兮发棹歌，欢乐极兮哀情

---

① 言水还旧道，则群害消除，神祐滂沛。

② 啮桑，邑名。

③ 搴，取。茭，jiǎo，竹竿。取长竿树之，用著石间，以塞决河。校订者按：湛，chén，同“沉”。

④ 旱烧，故薪不足。

⑤ 淇园，昔时卫之苑，多竹篠。今下淇园之竹以为楗，故曰卫之罪。

⑥ 楗，柱。菑，zì，树立。

⑦ 宣防，谓宣泄防御，宣房宫名取于此，在今河南濮阳市西南。

⑧《汉武帝故事》载帝行幸河东，祠后土，顾视帝京，忻然中流，与群臣饮燕，自作《秋风辞》。

⑨ 汾河，源出山西宁武县，西南流入黄河。

多，少壮几时兮奈老何！

## 李夫人歌[①]

是耶非耶？立而望之，翩何姗姗其来迟[②]！

## 落叶哀蝉曲[③]

罗袂兮无声，玉墀兮尘生。虚房冷而寂寞，落叶依于重扃。望彼美之女兮，安得感余心之未宁！

## 蒲梢天马歌[④]

天马徕兮从西极[⑤]，经万里兮归有德。承灵威兮

① 《汉书·外戚传》载武帝思念李夫人不已，方士齐人少翁言能致其神。乃夜张灯烛，设帐帷，陈酒肉，而令上居他帐遥望。见好女如李夫人之貌，还幄坐而步，又不得就视。上愈益悲感，为作诗曰（云云）。令乐府诸音家弦歌之。

② 姗姗，行缓慢貌。

③ 王嘉《拾遗记·前汉上》载汉武帝思怀往者李夫人不可复得，时始穿昆灵之池，泛翔禽之舟，帝自造歌曲，使女伶歌之。时日已西倾，凉风激水，女伶歌声甚遒，因赋落叶哀蝉之曲，曰（云云）。

④ 《史记·乐书》载汉武帝伐大宛，得千里马，马名蒲梢。次作以为歌，歌诗曰（云云）。

⑤ 徕，古"来"字。

降外国，涉流沙兮四夷服[①]。

## 悲愁歌[②]

吾家嫁我兮天一方，远托异国兮乌孙王[③]。穹庐为室兮毡为墙，以肉为食兮酪为浆。居常土思兮心内伤[④]，愿为黄鹄兮归故乡！

## 别歌[⑤]

径万里兮度沙漠，为君将兮奋匈奴。路穷绝兮矢刃摧，士众灭兮名已隤。老母已死[⑥]，虽欲报恩将

---

① 流沙，古时沙漠之称。大宛国在西域，故经过流沙。

② 《汉书·西域传》载乌孙国去长安八千九百里，昆莫（王号）年老，国分不能专制，使使献马，愿得尚汉公主，为昆弟。汉元封中，遣江都王建女细君为公主，以妻焉。赐乘舆服御物，为备官属侍御数百人，赠送甚盛。乌孙昆莫以为右夫人。公主至其国，自治宫室居。岁时一再与昆莫会，置酒饮食，以币帛赐王左右贵人。昆莫年老，语言不通。公主悲愁，自为作歌曰（云云）。天子怜之，间岁遣使者持帷帐锦绣给遗焉。

③ 乌孙国，汉西域国名，在今新疆伊犁河流域。

④ 土思，谓忧思而怀本土。

⑤ 《汉书·苏武传》载苏武出使匈奴，不得归。昭帝即位，匈奴与汉和亲。汉使求苏武等，单于许武归。李陵置酒贺武，因起舞而歌，泣下数行，遂与武决。

⑥ 李陵降匈奴，母、弟、妻、子皆伏诛。（详见《汉书·李陵传》）

安归！

## 北方有佳人[①]

北方有佳人，绝世而独立：一顾倾人城，再顾倾人国。宁不知倾城与倾国，佳人难再得。

## 归空城兮[②]

归空城兮，狗不吠，鸡不鸣。横术何广广兮[③]，固知国中之无人[④]。

① 《汉书·外戚传》载孝武李夫人，本以倡进。初，夫人兄延年性知音，善歌舞，武帝爱之。每为新声变曲，闻者莫不感动。延年侍上，起舞，歌曰（云云）。上叹息曰："善！世岂有此人乎？"平阳主因言延年有女弟。上乃召见之，实妙丽善舞。由是得幸。

② 《汉书·武五子传》载燕剌王刘旦自以武帝子，且长，不得立，乃与姊盖长公主、左将军上官桀交通，谋废立。事觉，桀等皆伏诛。王忧懑，置酒万载宫，会宾客群臣妃妾坐饮。王自歌曰（云云）。华容夫人起舞曰"发纷纷兮"云云。坐者皆泣。未几，昭帝使使者赐王玺书，王以绶自绞，夫人随旦自杀者二十余人。

③ 术，道路。

④ 歌意言身死之后国当空。

## 发纷纷兮[1]

发纷纷兮寘渠[2]，骨籍籍兮亡居[3]。母求死子兮，妻求死夫。裴回两渠间兮，君子将安居[4]！

## 淋池歌[5]

秋素景兮泛洪波，挥纤手兮折芰荷。凉风凄凄扬棹歌，云光开曙月低河，万岁为乐岂云多？

---

① 见《归空城兮》题注。

② 寘，通“填”，填塞。

③ 籍籍，纵横貌。居，居处。

④ 置酒之宫，池沼所在，其间有渠，故即其所在以为歌辞。

⑤ 王嘉《拾遗记·前汉下》载昭帝元始元年，穿淋池，广千步。中植分枝荷，一茎四叶，状如骈盖。实如玄珠，可以饰佩。花叶虽萎，芬馥之气彻十余里，食之令人口气常香，益脉理病。宫人贵之，游宴出入，必皆含嚼；或剪以为衣，或折以蔽日，以为戏弄。《楚辞》所谓“折芰荷以为衣”，意在斯也。帝时命水嬉，游宴永日。乃命以文梓为船，木兰为舵；刻飞鸾翔鹢，饰于船首；随风轻漾，毕景忘归，乃至通夜。使宫人歌曰（云云）。

## 拊缶歌[①]

田彼南山，芜秽不治。种一顷豆，落而为萁[②]。人生行乐耳，须富贵何时[③]？

## 归风送远操[④]

凉风起兮天陨霜，怀君子兮渺难望！感予心兮多慨慷！

---

① 缶，瓦器，秦人击之以节歌。《汉书·杨恽传》载杨恽，杨敞子，字子幼，以功封平通侯。被谗，免为庶人。恽既失爵位，家居治产业，起室宅，以财自娱。岁余，其友人孙会宗以书谏戒之，为言大臣废退，当阖门惶惧，为可怜之意，不当治产业，通宾客，有称誉。恽以宰相子，少显朝廷，一朝以暗昧语言见废，内怀不服，报会宗书，中云："窃自思念，过已大矣，行已亏矣；长为农夫，以没世矣。是故身率妻子，戮力耕桑，灌园治产，以给公上。不意当复用此为讥议也！夫人情所不能止者，圣人弗禁，故君父至尊亲，送其终也，有时而既。臣之得罪，已三年矣。田家作苦，岁时伏腊，烹羊炰羔，斗酒自劳。家本秦也，能为秦声；妇赵女也，雅善鼓瑟。奴婢歌者数人。酒后耳热，仰天拊缶，而呼乌乌。其诗曰（云云）……"

② 萁，豆茎。

③ 须，等待。

④ 赵飞燕，汉成帝宫人。刘歆《西京杂记》载赵后有宝琴曰凤凰，皆以金玉隐起为龙凤螭鸾、古贤列女之象，亦善为归风送远之操。

## 五噫歌[①]

陟彼北芒兮[②]，噫！顾瞻帝京兮，噫！宫阙崔巍兮，噫！民之劬劳兮，噫！辽辽未央兮，噫！

## 四愁诗并序（张衡）[③]

张衡不乐久处机密。阳嘉[④]中，出为河间相。[⑤]时国王骄奢，不遵法度，又多豪右并兼之家。[⑥]衡下车，治威严，能内察属县。奸猾行巧劫，皆密知名。下吏收捕，尽服擒。诸豪侠游客，悉惶惧逃出境。郡中大治，争讼息，狱无系囚。时天下渐弊，

---

① 《后汉书·梁鸿传》载梁鸿字伯鸾，扶风平陵人。幼遭王莽之乱，家贫而尚节介，博览无不通。肃宗（章帝）时，与妻共入霸陵山中，以耕织为业，咏诗弹琴以自娱。因东出关，过京师，做五噫之歌曰（云云）。肃宗闻而非之，求鸿不得。

② 北芒，即北邙，山名，在今河南洛阳市东北。

③ 《后汉书·张衡传》载张衡字平子，南阳西鄂人。善属文，作《西京赋》，构思十年乃成。又善天文历算，作浑天仪，机巧为世所称。安帝时迁太史令，顺帝时出为河间王相。

④ 阳嘉，顺帝年号。

⑤ 河间王，名刘政。

⑥ 豪右，大家豪强。并兼，谓大家役小民，富者兼役贫民。

郁郁不得志，为《四愁诗》。效屈原，以美人为君子，以珍宝为仁义，以水深雪纷为小人。思以道术相报，贻于时君，而惧谗邪不得以通。其辞曰：

我所思兮在太山，欲往从之梁父艰[1]，侧身东望涕沾翰[2]。美人赠我金错刀[3]，何以报之英琼瑶[4]。路远莫致倚逍遥，何为怀忧心烦劳。

我所思兮在桂林[5]，欲往从之湘水深[6]。侧身南望涕沾襟。美人赠我金琅玕[7]，何以报之双玉盘。路远莫致倚惆怅，何为怀忧心烦伤。

我所思兮在汉阳[8]，欲往从之陇坂长[9]，侧身西望

---

① 太山，即泰山。梁父，泰山下小山。王者有德功成则封泰山，故以泰山喻时君，以梁父喻小人。

② 翰，笔。

③ 金错刀，刀名。《后汉书·舆服志》："佩刀，乘舆黄金通身貂错；……诸侯王黄金错。"

④ 英，即琼英，美石似玉者。《诗·齐风·著》："尚之以琼英乎而。"琼瑶，美玉名。《诗·卫风·木瓜》："投我以木桃，报之以琼瑶。"

⑤ 桂林，秦郡名，今广西一带。舜葬于此，故思之。

⑥ 湘水，湖南巨川。

⑦ 琅玕，lánggān，石而似珠者。《书·禹贡》："厥贡惟球琳琅玕。"

⑧ 汉阳，汉郡名，即天水郡，今甘肃天水市所辖地区。

⑨ 陇坂，亦名陇坻，即陇山，在今陕西陇县。《三秦记》："其坂九回，不知高几许，欲上者七日乃越。"

涕沾裳。美人赠我貂襜褕[1]，何以报之明月珠。路远莫致倚踟蹰，何为怀忧心烦纡。

我所思兮在雁门[2]，欲往从之雪纷纷，侧身北望涕沾巾。美人赠我锦绣段，何以报之青玉案[3]。路远莫致倚增叹，何为怀忧心烦惋。

## 城上乌童谣[4]

城上乌，尾毕逋[5]。公为吏，子为徒。一徒死，百乘车。车班班，入河间。河间姹女工数钱[6]，以钱

---

① 襜褕，chānyú，直裾单衣。

② 雁门，汉郡名，今山西北部皆其境。

③ 玉案，君所凭倚者。

④ 《后汉书·五行志》载桓帝之初，京都童谣曰（云云）。按，此皆谓为政贪也。“城上乌，尾毕逋”者，处高利独食，不与下共，谓人主多聚敛也。“公为吏，子为徒”者，言蛮夷将叛逆，父既为军吏，其子又为卒徒往击之也。“一徒死，百乘车”者，言前一人往讨胡既死矣，后又遣百乘车往。“车班班，入河间”者，言上将崩，乘舆班班入河间迎灵帝也。“河间姹女工数钱，以钱为室金为堂”者，灵帝既立，其母永乐太后好聚金以为堂也。“石上慊慊舂黄粱”者，言永乐堆积金钱，慊慊常若不足，使人舂黄粱而食之也。“梁下有悬鼓，我欲击之丞相怒”者，言永乐主教灵帝使卖官受钱，所禄非其人，天下忠笃之士怨望，欲击悬鼓以求见丞相，主鼓者亦复谄顺，怒而止我也。

⑤ 逋，bū。毕逋，乌尾摆动貌。

⑥ 姹女，少女。

为室金为堂，石上慊慊舂黄粱[①]。梁下有悬鼓，我欲击之丞相怒。

① 慊慊，心不满足貌。

# 乐府

## 安世房中歌[①]

大孝备矣，休德昭明[②]。高张四县[③]，乐充宫庭。芬树羽林，云景杳冥[④]。金支秀华，庶旄翠旌[⑤]。

《七始》《华始》，肃倡和声[⑥]。神来晏娭，庶几

① 《房中歌》，为汉郊庙歌辞之一。《通典》载周有《房中之乐》，歌后妃之德，秦始皇二十六年改曰《寿人》。《汉书·礼乐志》："《房中祠乐》，高祖唐山夫人所作也。……凡乐，乐其所生，礼不忘本。高祖乐楚声，故《房中乐》，楚声也。孝惠二年，使乐府令夏侯宽备其萧管，更名曰《安世乐》。"

② 休，美。

③ 县，同"悬"。四县，乐器四悬。

④ 言所树羽葆依仗，其盛若林，纷然众多，仰视高远，如云日之杳冥。

⑤ 乐上众饰有流苏羽葆，以黄金为支，其首敷散，若草木之秀华。庶，众。庶旄翠旌，谓析五彩羽注翠旄之首而为旌。

⑥ 七始，谓天、地、四时、人之始。华始，万物英华之始。两者皆乐名。肃，敬。言歌者敬唱谐和之声。

是听[①]。粥粥音送，细齐人情[②]。忽乘青玄，熙事备成[③]。清思眑眑，经纬冥冥[④]。

我定历数，人告其心[⑤]。敕身齐戒[⑥]，施教申申。乃立祖庙，敬明尊亲。大矣孝熙，四极爰轃[⑦]。

王侯秉德，其邻翼翼[⑧]，显明昭式[⑨]。清明鬯矣[⑩]，皇帝孝德。竟全大功，抚安四极。

海内有奸，纷乱东北[⑪]。诏抚成师[⑫]，武臣承德。行乐交逆，《箫》《勺》群慝[⑬]。肃为济哉，盖定燕国[⑭]。

---

① 娭，同“嬉”，嬉戏。言庶几神来宴戏，听此乐。
② 粥粥，yùyù，敬惧貌。细，微。言以乐送神，微感人情，使之斋肃。
③ 言还神礼毕，忽登青天而去，福熙之事皆备成。
④ 眑，yǒu，幽静。经纬，谓经纬天地。
⑤ 言臣下各竭其心致诚悫。
⑥ 敕，谨敬之貌。齐，通“斋”。
⑦ 熙，福。四极，谓四方极远之地。轃，通“臻”，至。
⑧ 邻，言德不孤，必有邻也。翼翼，恭敬之貌。
⑨ 昭，显明。式，法效。
⑩ 鬯，古“畅”字，通畅。
⑪ 谓匈奴。
⑫ 成师，言各置部校，师出以律。
⑬ 行乐交逆，言制定新乐，教化流行，则逆乱之徒尽交欢。《箫》，舜乐。《勺》，周乐。慝，tè，恶。《箫》《勺》群慝，言以乐征伐。
⑭ 言匈奴服从，则燕国安静无寇难。

大海荡荡水所归，高贤愉愉民所怀[①]。太山崔，百卉殖[②]。民何贵？贵有德。

安其所，乐终产[③]。乐终产，世继绪[④]。飞龙秋[⑤]，游上天。高贤愉，乐民人。丰草葽，女萝施[⑥]。善何如，谁能回[⑦]？大莫大，成教德；长莫长，被无极。雷震震，电耀耀。明德乡，治本约[⑧]。治本约，泽弘大[⑨]。加被宠，咸相保[⑩]。施德大，世曼寿[⑪]。

都荔遂芳，窅窊桂华[⑫]。孝奏天仪，若日月光[⑬]。

---

① 荡荡，广大貌。愉愉，和乐貌。

② 崔，崔巍，崇高之貌。殖，生养。

③ 言万物各安其所，而乐终其产。

④ 言传祚无穷。

⑤ 秋，飞貌。

⑥ 葽，yāo，盛貌。施，yì，延伸。女萝，即菟丝，延生于松柏之上。譬异类犹载之，而况同姓，言族亲不可不覆遇。

⑦ 何如，言不如也。回，乱。

⑧ 乡，方，道。约，yào，要领，纲要。言王者之威，取象雷电，明示德义之方，与治政本之要。

⑨ 言政教有常，则恩惠溥洽。

⑩ 言德政所加，人受宠渥，则室家老幼皆相保。

⑪ 曼，延。

⑫ 都谓都梁，荔谓薜荔，皆芳草名。窅窊，yǎowā，曲貌。言都梁、薜荔，俱有芬芳，桂华之行，窅窊然也。以上皆言神宫所有。

⑬ 言以孝道进承于天，天神下降，故有光。

乘玄四龙，回驰北行。羽旄殷盛，芬哉芒芒[①]。孝道随世，我署文章[②]。

冯冯翼翼[③]，承天之则。吾易久远[④]，烛明四极。慈惠所爱，美若休德[⑤]。杳杳冥冥，克绰永福[⑥]。

硙硙即即，师象山则[⑦]。呜呼孝哉，案抚戎国。蛮夷竭欢，象来致福[⑧]。兼临是爱[⑨]，终无兵革。

嘉荐芳矣，告灵飨矣。告灵既飨，德音孔臧[⑩]。惟德之臧，建侯之常[⑪]。承保天休，令问不忘[⑫]。

皇皇鸿明，荡侯休德[⑬]。嘉承天和，伊乐厥福[⑭]。

---

① 芬，众多貌。芒芒，广远貌。

② 署，表。校订者按：文章，指文采。

③ 冯冯，píngpíng，盛满貌。翼翼，众多貌。

④ 易，通“埸”，疆埸。

⑤ 若，顺。

⑥ 克，能。绰，延长。

⑦ 硙硙，崇积貌。即即，充实。师，众。则，法则。言积实之盛众类于山。

⑧ 象，通译之官。言蛮夷遣象致福贡。

⑨ 兼临，言在上位者广加包容。

⑩ 孔，甚。臧，善。

⑪ 建侯，封建诸侯。

⑫ 令，善。问，名。

⑬ 侯，惟。荡侯休德，言天下荡平，惟帝之休德。

⑭ 伊，助词，是。

在乐不荒，惟民之则。浚则师德，下民咸殖。令问在旧，孔容翼翼[①]。

孔容之常，承帝之明[②]。下民之乐，子孙保光[③]。承顺温良，受帝之光。嘉荐令芳，寿考不忘[④]。

承帝明德，师象山则。云施称民[⑤]，永受厥福。承容之常，承帝之明。下民安乐，受福无疆[⑥]。

## 白头吟[⑦]

皑如山上雪，皎如云间月。闻君有两意，故来相决绝。今日斗酒会，明旦沟水头。躞蹀御沟上[⑧]，沟水东西流。凄凄复凄凄，嫁娶不须啼。愿得一心

---

① 浚，深。师，众。则，法则。殖，生殖。旧，久。翼翼，敬貌。言有深法众德，故能生育群黎，久有善名，其容甚敬。

② 帝，谓天也，下皆类此。

③ 言永保其光宠。

④ 不忘，言长久。

⑤ 云施，言称物平施，其泽如云。

⑥ 疆，竟，完结。

⑦ 《白头吟》，为相和歌楚调曲之一。刘歆《西京杂记》载司马相如将聘茂陵女为妾，卓文君作《白头吟》以自绝，相如乃止。

⑧ 躞蹀，xièdié，行徘徊貌。

人，白头不相离。竹竿何袅袅[①]，鱼尾何簁簁[②]！男儿重意气，何用钱刀为？

## 怨诗[③]

秋木萋萋，其叶萎黄[④]。有鸟处山，集于苞桑[⑤]。养育毛羽，形容生光。既得升云，上游曲房[⑥]。离宫绝旷，身体摧藏[⑦]。志念抑沉，不得颉颃[⑧]。虽得委食，心有徊徨。我独伊何？来往变常。翩翩之燕，

---

① 袅袅，随风摇动貌。

② 簁，xǐ。簁簁，摇曳貌。

③ 一名《昭君怨》，为琴曲歌辞之一。《乐府解题》：“王嫱，字昭君。《琴操》载：昭君，齐国王穰女，端正闲丽，未尝窥门户。穰以其有异于人，求之者皆不与。年十七，献之（汉）元帝。元帝以地远不之幸，以备后宫，积五六年。帝每游后宫，常怨不出。后单于遣使朝贡，帝宴之，尽召后宫。昭君盛饰而至。帝问欲以一女赐单于，能者往。昭君乃越席请行。时单于使在旁，惊恨不及。昭君至匈奴，单于大悦，以为汉与我厚，纵酒作乐。遣使报汉白璧一只，騠马十匹，胡地珍宝之物。昭君恨帝始不见遇，乃作怨思之歌。单于死，子世达立。昭君谓之曰：‘为胡者妻母，为秦者更娶。’世达曰：‘欲作胡礼。’昭君乃吞药而死。”

④ 萋萋，盛貌。萎黄，枯萎而黄。

⑤ 苞桑，丛生之桑。

⑥ 曲房，密室。

⑦ 摧藏，摧伤。

⑧ 颉颃，xiéháng，鸟飞上下状。

远集西羌[①]。高山峨峨，河水泱泱。父兮母兮！道里悠长。呜呼哀哉！忧心恻伤。

## 怨歌行[②]

新裂齐纨素[③]，皎洁如霜雪。裁成合欢扇，团团似明月。出入君怀袖，动摇微风发。常恐秋节至，凉飙夺炎热[④]。弃捐箧笥中，恩情中道绝。

## 武溪深行[⑤]

滔滔武溪一何深[⑥]！鸟飞不度，兽不敢临。嗟哉武溪多毒淫！

---

① 西羌，中国古代西部民族之一。

② 《怨歌行》，为相和歌楚调曲之一。汉成帝班婕妤失宠，求供养太后于长信宫，乃作怨诗以自伤，托辞于纨扇云。

③ 纨，轻细熟绢。素，生绢洁白者。

④ 飙，biāo，暴风。

⑤ 崔豹《古今注》载《武溪深》，马援南征之所作也，援门生爰寄生善吹笛，援作歌，令寄生吹笛以和之，名曰《武溪深》。马援，东汉茂陵人，字文渊。光武建武中，拜伏波将军，征交趾，平之，立铜柱以表功。武陵五溪蛮反，援复将兵讨之。

⑥ 武溪，源出湖南临武县三峰岭，东流径泸溪县，合沅水。

## 猛虎行[1]

饥不从猛虎食，暮不从野雀栖。野雀安无巢？游子为谁骄？

## 乐府[2]

行胡从何方？列国持何来？氍毹毾㲪五木香[3]，迷迭艾蒳及都梁[4]。

---

① 《猛虎行》，为相和歌平调曲之一。此为古辞，无名氏作。

② 乐府杂曲歌辞有以“乐府”名者，此为古辞，后人多作者。

③ 氍毹，qúshū，地毯之属。《杜阳杂编》：“新罗国献五彩氍毹，制度巧丽……以氍毹藉其地。”毾㲪，tàdēng，毛席，一名多罗𦍑。《后汉书·西域传》：“（天竺国）有细布、好毾㲪。”五木香，一名五香，香木名。《三洞珠囊》：“五香者，即青木香也。一株五根，一茎五枝，一枝五叶，叶间五节，故名五香。”《本草》：“扶南国人言五香共是一木：其根是栴檀，节是沉香，花是鸡舌，叶是藿香，胶是熏陆。”

④ 迷迭、艾蒳、都梁，皆香草名。《广志》载都梁香出交广，迷迭香出西域。《水经注》：“资水出零陵都梁县。……县西有小山，山上有渟水，既清且浅，其中悉生兰草，绿叶紫茎，芳风藻川，兰馨远馥。俗谓兰为都梁，山因以号，县受名焉。”《本草》：“泽兰，亦名都梁香。”蒳，nà。《吴都赋》注：“蒳，草树也。叶如栟榈而小，三月采其叶，细破阴干之，味近苦而有甘，并鸡舌香食之，益美。”

# 饮马长城窟行[①]

青青河边草，绵绵思远道[②]。远道不可思，夙昔梦见之[③]。梦见在我傍，忽觉在他乡。他乡各异县，展转不可见。枯桑知天风，海水知天寒。入门各自媚，谁肯相为言[④]？

客从远方来，遗我双鲤鱼。呼童烹鲤鱼，中有尺素书[⑤]。长跪读素书，书中竟何如？上有加餐食，下有长相忆。

---

① 一曰《饮马行》，为相和歌瑟调曲之一。此系古辞，无名氏作，一说后汉蔡邕作。《水经注》载始皇二十四年，使太子扶苏与蒙恬筑长城，凡万余里，民怨劳苦。《乐府广题》："长城南有溪坂，上有土窟，窟中泉流。汉时将士征塞北，皆饮马此水也。"此辞辞意，言征戍之客，至于长城而饮其马，妇人思念其勤劳，故作是曲。

② 绵绵，邈远貌。

③ 夙昔，夙夜。《列子·周穆王》："昔昔梦为国君。"注："昔昔，夜夜也。"

④ 言归客入门，各自媚其妻子，不肯相为言。

⑤ 素，生绢。尺素，古人写文章或书信用长一尺左右的绢帛，后用"尺素"代称书信。

## 羽林郎[①]（后汉辛延年）

昔有霍家奴[②]，姓冯名子都。依倚将军势，调笑酒家胡[③]。胡姬年十五，春日独当垆[④]。长裾连理带，广袖合欢襦。头上蓝田玉[⑤]，耳后大秦珠[⑥]。两鬟何窈窕，一世良所无[⑦]。一鬟五百万，两鬟千万余。“不意金吾子[⑧]，娉婷过我庐。银鞍何煜爚[⑨]，翠盖空踟蹰。就我求清酒，丝绳提玉壶。就我求珍肴，金盘鲙鲤鱼[⑩]。贻我青铜镜，结我红罗裾。不

---

① 《羽林郎》，为杂曲歌辞之一。颜师古曰：“羽林，亦宿卫之官，言其如羽之疾，如林之多也。一说：羽，所以为王者羽翼也。”《后汉书·百官志》：“（羽林郎）掌宿卫侍从。常选汉阳、陇西、安定、北地、上郡、西河凡六郡良家补。”

② 霍，谓霍光。汉昭帝时，光以大司马大将军受遗诏辅政。出入禁闼二十余年，未尝有过。然族党满朝，权倾内外。卒后，宣帝收其族党兵权，遂以谋反至夷族。

③ 酒家胡，酒家胡女。

④ 垆，酒区，累土为之以居酒瓮者。《史记·司马相如列传》：“令文君当垆。”

⑤ 蓝田，山名，在今陕西蓝田县东，山出美玉，故亦曰玉山。

⑥ 大秦，古时西域国名，即罗马帝国。

⑦ 窈窕，妖冶。良，确实。

⑧ 金吾，官名，即执金吾，掌徼循京师。

⑨ 煜，yù。爚，通“耀”。煜爚，光耀貌。

⑩ 鲙，同“脍”，细切鱼肉。

惜红罗裂，何论轻贱躯？男儿爱后妇，女子重前夫。人生有新故，贵贱不相逾。多谢金吾子，私爱徒区区。”

## 董娇娆[1]（后汉宋子侯）

洛阳城东路，桃李生路旁。花花自相对，叶叶自相当。春风东北起，花叶正低昂。不知谁家子，提笼行采桑。纤手折其枝，花落何飘飏！请谢彼姝子[2]，何为见损伤？高秋八九月，白露变为霜。终年会飘堕，安得久馨香？秋时自零落，春月复芬芳。何时盛年去，欢爱永相忘。吾欲竟此曲，此曲愁人肠。归来酌美酒，挟瑟上高堂。

## 梁甫吟[3]

步出齐城门，遥望荡阴里。里中有三坟，累累

① 《董娇娆》，为乐府杂曲歌辞之一。当是人名字取作曲名者。

② 姝，shū，女之美者。《诗・鄘风・干旄》：“彼姝者子。”

③ 《梁甫吟》，为相和歌楚调曲之一。梁甫，山名，在泰山下。《梁甫吟》，盖言人死葬此山，亦葬歌也。《三国志・蜀书・诸葛亮传》载诸葛亮好为《梁甫吟》。一说：《梁甫吟》，曾子撰。

正相似。问是谁家墓？田疆古冶子[①]。力能排南山，文能绝地纪。一朝被谗言，二桃杀三士。谁能为此谋？相国齐晏子。

## 练时日[②]

练时日，候有望[③]。焫膋萧，延四方[④]。九重开，

---

① 《晏子春秋》载公孙接、田开疆、古冶子事景公，以勇力搏虎闻。晏子过而趋，三子者不起。晏子入见公曰："臣闻明君之蓄勇力之士也，上有君臣之义，下有长率之伦；内可以禁暴，外可以威敌。故尊其位，重其禄。今君之蓄勇力之士也，上无君臣之义，下无长率之伦；内不以禁暴，外不以威敌：此危国之器也，不若去之。"公曰："三子者，搏之恐不得，刺之恐不中也。"晏子因请公使人少馈之二桃，曰："三子何不计功而食桃？"公孙接曰："接一搏猏而再搏乳虎，若接之功，可以食桃而无与人同矣。"援桃而起。田开疆曰："吾仗兵而却三军者再，若开疆之功，亦可以食桃而无与人同矣。"援桃而起。古冶子曰："吾尝从君济于河，鼋衔左骖以入砥柱之流。冶逆流百步，顺流九里，得鼋而杀之。左操骖尾，右挈鼋头，鹤跃而出，津人皆曰河伯也。冶视之，则大鼋之首。若冶之功，亦可以食桃而无与人同矣。二子何不反桃？"公孙接、田开疆曰："吾勇不子若，功不子逮，取桃不让，是贪也。然而不死，无勇也。"皆反其桃，挈领而死。古冶子曰："二子死之，冶独生之，不仁；耻人以言，而夸其声，不义；恨乎所行，不死无勇。"亦反其桃，挈领而死。公殓之以服，葬之以士礼焉。

② 此以下七章，皆汉郊祀歌。汉武帝时，诏司马相如等造郊祀歌诗十七章。郊祀，祭天地之仪。

③ 练，选。望，月半。

④ 焫，ruò，同"爇"，燃烧。膋，liáo，肠间脂。萧，香蒿。以萧焫脂合馨香也。四方，指四方之神。

灵之斿[①]。垂惠恩，鸿祜休[②]。灵之车，结玄云。驾飞龙，羽旄纷。灵之下，若风马[③]。左苍龙，右白虎[④]。灵之来，神哉沛[⑤]。先以雨，般裔裔[⑥]。灵之至，庆阴阴[⑦]。相放佛，震澹心[⑧]。灵已坐，五音饬[⑨]。虞至旦，承灵亿[⑩]。牲茧栗，粢盛香。尊桂酒，宾八乡[⑪]。灵安留，吟青黄[⑫]。遍观此，眺瑶堂[⑬]。众嫭并，绰奇丽[⑭]。颜如荼，兆逐靡[⑮]。被华文，厕雾縠。曳阿

---

① 九重，天也。天有九重。斿，yóu，旗旁横幅飞扬者。言天门开则见神旗之斿。

② 鸿，大。祜，福。休，美。

③ 若风马，言其速疾。

④ 苍龙、白虎，神以为卫。

⑤ 沛，疾貌。

⑥ 先以雨，言神欲行，令雨先驱。般，同“班”，班布。裔裔，飞流之貌。

⑦ 庆阴阴，言垂阴覆遍于下。

⑧ 放佛，同“仿佛”。澹，动。

⑨ 饬，整饬。

⑩ 虞，乐。亿，安。

⑪ 茧栗，言角之小如茧及栗之形。尊，同“樽”。桂酒，桂渍之酒。八乡，指八方之神。

⑫ 吟，歌诵。青黄，四时之乐。

⑬ 眺，望。瑶，石似玉者；瑶堂，以瑶饰堂。

⑭ 嫭，hù，美好。言供神女乐并好丽也。

⑮ 荼，tú，菅茅之属，开白花者。言美女颜貌如茅荼之柔。兆逐靡，谓兆民逐观而猗靡。

锡，佩珠玉[①]。侠嘉夜，茝兰芳[②]。澹容与，献嘉觞[③]。

## 青阳

青阳开动，根荄以遂[④]。膏润并爱，跂行毕逮[⑤]。霆声发荣，岩处倾听[⑥]。枯槁复产，乃成厥命[⑦]。众庶熙熙，施及夭胎[⑧]。群生啿啿，惟春之祺[⑨]。

## 朱明

朱明盛长，旉与万物[⑩]。桐生茂豫，靡有所诎[⑪]。敷华就实，既阜既昌[⑫]。登成甫田，百鬼迪

---

① 厕，杂厕。雾縠，wùhú，言其纱轻细若云雾。阿，细缯。锡，细布。
② 侠，同“挟”。嘉夜，芳草。言怀挟芳草。茝，即今之白芷。
③ 澹，安。容与，闲舒。
④ 春为青阳。荄，gāi，草根。遂，言皆生出。
⑤ 并，兼。逮，及。凡有足而行者，称跂行。
⑥ 言雷霆始发，草木舒荣，则蛰虫处岩崖者，莫不倾听而起。
⑦ 枯槁，谓草木经冬零落者。
⑧ 熙熙，和乐貌。施，yì，延。少长曰夭，在孕曰胎。
⑨ 啿，dàn。啿啿，丰厚之貌。祺，吉祥。
⑩ 夏为朱明。旉，古“敷”字。旉与，开舒。
⑪ 桐，通“通”，通达。茂豫，美盛而光悦。言草木皆通达，而生美悦光泽，各无所诎，皆申遂也。校订者按：诎，通“屈”，弯曲。
⑫ 敷，开布。就，成。阜，丰厚。昌，昌盛。

尝[1]。广大建祀，肃雍不忘。神若宥之[2]，传世无疆。

## 西颢

西颢沆砀[3]，秋气肃杀。含秀垂颖，续旧不废[4]。奸伪不萌，妖孽伏息。隅辟越远，四貉咸服[5]。既畏兹威，惟慕纯德。附而不骄，正心翊翊[6]。

## 玄冥

玄冥凌阴[7]，蛰虫盖藏。草木零落，抵冬降霜[8]。易乱除邪，革正异俗[9]。兆民反本，抱素怀朴。条理信义[10]，望礼五岳。籍敛之时[11]，掩收嘉谷。

---

① 甫田，大田。百鬼，百神。迪，进献。尝，谓歆飨之。言此迪盛，皆因大田而登成；进于祀所，而为百神所歆飨。
② 若，顺。宥，福祐。
③ 西颢，谓西方少昊，秋之神。沆砀，hàngdàng，白气之貌。
④ 言五谷百草秀颖成实，皆因旧苗无废绝。不荣而实曰秀，叶末曰颖。
⑤ 貉，mò。四貉，犹言四夷。
⑥ 纯，大。言畏威怀德者，皆来宾附，无敢骄怠，而尽虔敬。
⑦ 玄冥，北方之神。
⑧ 抵，到。
⑨ 易，变更。革，除掉。
⑩ 条，条分，畅达。
⑪ 籍敛，谓收籍田。

## 惟泰元

惟泰元尊，媪神蕃釐[①]。经纬天地，作成四时。精建日月，星辰度理。阴阳五行，周而复始。云风雷电，降甘露雨。百姓蕃滋，咸循厥绪[②]。继统恭勤，顺皇之德[③]。鸾路龙鳞，罔不肸饰[④]。嘉笾列陈[⑤]，庶几宴享。灭除凶灾，烈腾八荒[⑥]。钟鼓竽笙，云舞翔翔。招摇灵旗，九夷宾将[⑦]。

## 天马[⑧]

太一况，天马下[⑨]。沾赤汗，沫流赭[⑩]。志俶傥，

---

① 泰元，指天。媪神，指地。蕃，多。釐，xī，福。言天神至尊，而地神多福。

② 蕃，多。滋，益。循，顺。绪，业。

③ 皇，皇天。言天子继承祖统，恭勤为心，而顺天也。

④ 罔，无。肸，xī，振。谓皆振整而饰之。

⑤ 嘉笾，谓祭祀之笾实。木制曰豆，竹制曰笾。

⑥ 言威烈之盛逾于八方。

⑦ 将，犹从也。

⑧ 天马，骏马。《史记·大宛列传》："初，……得乌孙马，好，名曰天马。及得大宛汗血马，益壮，更名乌孙马曰西极，名大宛马曰天马云。"

⑨ 太一，星名，天之尊神。况，通"贶"，赏赐。言此马乃太一所赐，故来下。

⑩ 沾，濡湿。沫流赭，言流沫如赭。

精权奇[1]。籋浮云，晻上驰[2]。体容与，迣万里[3]。今安匹，龙为友[4]。

天马徕，从西极。涉流沙，九夷服[5]。天马徕，出泉水。虎脊两，化为鬼[6]。天马徕，历无草。经千里，循东道[7]。天马徕，执徐时[8]。将摇举，谁与期[9]？天马徕，开远门。竦手身，游昆仑[10]。天马徕，龙之媒。游阊阖，观玉台[11]。

---

① 俶傥，卓异貌。权奇，特奇。

② 籋，niè，蹑。晻，冥暗。

③ 容与，见前《练时日》注。迣，lì，超逾。

④ 言今更与匹者，惟龙可为之友。

⑤ 言九夷皆服，故此马远来。九夷，谓畎夷、于夷、方夷、黄夷、白夷、赤夷、玄夷、风夷、阳夷。（见《后汉书·东夷传》）

⑥ 虎脊两，言马毛色如虎，有双脊。化为鬼，言其变化若鬼神。

⑦ 言马从西来，经行碛卤之地无草者凡千里而至东道。

⑧ 太岁在辰曰执徐，言得天马时岁星在辰。

⑨ 言当奋摇高举，不可与期。

⑩ 竦，犹言振作。言天马来，当开远门以迎之，行将振作手身，乘之以游昆仑。

⑪ 阊阖，chānghé，天门。玉台，上帝之所居。言天马者，神龙之类；今天马已来，此龙必至之效。

## 战城南[①]

战城南，死郭北，野死不葬乌可食。为我谓乌："且为客豪，野死谅不葬，腐肉安能去子逃？"水声激激，蒲苇冥冥。枭骑战斗死[②]，驽马裴徊鸣。梁筑室，何以南，何以北[③]？禾黍不获君何食？愿为忠臣安可得？思子良臣，良臣诚可思。朝行出攻，暮不夜归。

## 临高台[④]

临高台以轩，下有清水清且寒。江有香草目以兰，黄鹄高飞离哉翻。关弓射鹄，令吾主，寿万年。收中吾[⑤]。

① 《战城南》，为汉鼓吹铙歌之一。铙歌者，军乐之属。《古今乐录》："汉鼓吹铙歌十八曲，字多讹误……六曰《战城南》。"

② 枭骑，猛勇之骑卒。

③ 此数句难解，疑有讹误。

④ 《古今乐录》："汉鼓吹铙歌十八曲……十六曰《临高台》。"古词曰："临高台，下见清水，中有黄鹄飞翻。关弓射之，令我主万年！"

⑤ "收中吾"三字义未详，疑曲调之余声。

## 有所思[①]

有所思，乃在大海南。何用问遗君[②]？双珠玳瑁簪，用玉绍缭之[③]。闻君有他心，拉杂摧烧之[④]。摧烧之，当风扬其灰。从今已往，勿复相思。相思与君绝，鸡鸣狗吠，兄嫂当知之。妃呼豨[⑤]，秋风肃肃晨风飔[⑥]，东方须臾高知之。

## 上邪[⑦]

上邪，我欲与君相知，长命无绝衰！山无陵，江水为竭，冬雷震震，夏雨雪，天地合，乃敢与君绝。

---

① 《古今乐录》："汉鼓吹铙歌十八曲……十二曰《有所思》。"古词曰："有所思，乃在大海南。何用问遗君？双珠玳瑁簪。闻君有他心，烧之当风扬其灰。从今已往，勿复相思，而与君绝也。"

② 遗，wèi。问遗，赠送。

③ 绍缭，同"绕缭"。

④ 摧烧之，投于火而烧之。

⑤ 妃呼豨，曲调之余声，用为嗟叹之词。

⑥ 飔，sī，风凉。

⑦ 《古今乐录》："汉鼓吹铙歌十八曲……十五曰《上邪》。"

## 箜篌引[1]

公无渡河，公竟渡河。堕河而死，当奈公何！

## 江南[2]

江南可采莲，莲叶何田田[3]！鱼戏莲叶间：鱼戏莲叶东，鱼戏莲叶西，鱼戏莲叶南，鱼戏莲叶北。

---

① 此及以下五章，皆相和歌辞。《宋书·乐志》："相和，汉旧歌也。丝竹更相和，执节者歌。"《箜篌引》为"相和六引"三之一，亦名《公无渡河》。崔豹《古今注》："《箜篌引》者，朝鲜津卒霍里子高妻丽玉所作也。子高晨起刺船，有一白首狂夫，被发提壶，乱流而渡，其妻随而止之，不及，遂堕河而死。于是援箜篌而歌曰（云云）。声甚凄惨。曲终，亦投河而死。子高还以语丽玉，丽玉伤之，乃引箜篌而写其声，闻者莫不堕泪饮泣。丽玉以其曲传邻女丽容，名曰《箜篌引》。"按，箜篌今已失传，旧说谓似瑟而小，以木拨弹之。

② 《乐府解题》："《江南》，古辞，盖美芳晨丽景，嬉游得时。"梁武帝作《江南弄》，本此。

③ 田田，莲叶盛密貌。

## 薤露歌[①]

薤上露[②]，何易晞[③]！露晞明朝更复落，人死一去何时归！

## 蒿里曲

蒿里谁家地？聚敛魂魄无贤愚。鬼伯一何相催促！人命不得少踟蹰。

## 鸡鸣[④]

鸡鸣高树巅，狗吠深宫中。荡子何所之？天下

---

① 崔豹《古今注》:《薤露》《蒿里》，并丧歌也，本出田横门人。横自杀，门人伤之，为作悲歌。言人命奄忽，如薤上之露，易晞灭也。亦谓人死魂魄归乎蒿里，故有二章。至孝武帝时，李延年乃分为二曲:《薤露》送王公贵人，《蒿里》送士大夫庶人，使挽柩者歌之，世呼为挽歌。

② 薤，xiè，状似韭而中空，可食，并入药。

③ 晞，干。

④《乐府解题》:“古词云：‘鸡鸣高树巅，狗吠深宫中。’初言天下方太平，荡子何所之。次言黄金为门，白玉为堂，置酒作倡乐为乐。终言桃伤而李仆，喻兄弟当相为表里。兄弟三人近侍，荣耀道路，与《相逢狭路间行》同。……又有《鸡鸣高树巅》《晨鸡高树鸣》，皆出于此。”沈德潜曰：“此曲前后辞不相属，盖采诗入乐，合而成章，非有错简紊误也。”

方太平。刑法非有贷，柔协正乱名。黄金为君门，璧玉为轩堂。上有双尊酒，作使邯郸倡。刘王碧青甓，后出郭门王。舍后有方池，池中双鸳鸯。鸳鸯七十二，罗列自成行。鸣声何啾啾，闻我殿东厢。兄弟四五人，皆为侍中郎。五日一时来，观者满路旁。黄金络马头，颎颎何煌煌。桃生露井上，李树生桃旁。虫来啮桃根，李树代桃僵。树木身相代，兄弟还相忘！

## 陌上桑[①]

日出东南隅，照我秦氏楼。秦氏有好女，自名为罗敷。罗敷善蚕桑，采桑城南隅。青丝为笼系，桂枝为笼钩。头上倭堕髻，耳中明月珠。缃绮为下裙，紫绮为上襦。行者见罗敷，下担捋髭须。少年见罗敷，脱帽著帩头[②]。耕者忘其犁，锄者忘其锄。

① 《陌上桑》，一曰《艳歌罗敷行》。崔豹《古今注》：“《陌上桑》者，出秦氏女子。秦氏邯郸人，有女名罗敷，为邑人千乘王仁妻。王仁后为赵王家令，罗敷出采桑于陌上，赵王登台，见而悦之，因置酒欲夺焉。罗敷巧弹筝，乃作《陌上桑》之歌以自明。赵王乃止。”《乐府解题》：“古辞言罗敷采桑，为使君所邀，盛夸其夫为侍中郎以拒之。与前说不同。”

② 帩头，束头之物。

来归相怨怒，但坐观罗敷。

使君从南来，五马立踟蹰[①]。使君遣吏往，问是谁家姝。秦氏有好女，自名为罗敷。罗敷年几何？二十尚不足，十五颇有余。使君谢罗敷：宁可共载不？罗敷前致词：使君一何愚！使君自有妇，罗敷自有夫。

东方千余骑，夫婿居上头。何用识夫婿，白马从骊驹。青丝系马尾，黄金络马头。腰中鹿卢剑[②]，可值千万余。十五府小吏，二十朝大夫。三十侍中郎，四十专城居[③]。为人洁白皙，鬑鬑颇有须。盈盈公府步，冉冉府中趋。坐中数千人，皆言夫婿殊。

## 长歌行[④]

青青园中葵，朝露待日晞。阳春布德泽，万物

---

① 使君，刺史之称。古者太守五马。

② 鹿卢，古长剑首以玉作井辘轳形者。

③ 专城，地方长官之称，言其权力足以统一城。

④ 此及下章皆相和平调曲。《乐府解题》："古辞云：'青青园中葵，朝露待日晞。'言芳华不久，当努力为乐，无至老大乃伤悲也。"崔豹《古今注》："长歌、短歌，言人寿命长短，各有定分，不可妄求。"按，古诗云："长歌正激烈。"魏文帝《燕歌行》："短歌微吟不能长。"傅玄《艳歌行》："咄来长歌续短歌。"然则歌声有长短，非言寿命也。

生光辉。常恐秋节至，焜黄华叶衰①。百川东到海，何时复西归？少壮不努力，老大徒伤悲。

## 君子行②

君子防未然，不处嫌疑间。瓜田不纳履，李下不正冠。嫂叔不亲授，长幼不比肩。劳谦得其柄③，和光甚独难④。周公下白屋⑤，吐哺不及餐。一沐三握发，后世称圣贤⑥。

## 相逢行⑦

相逢狭路间，道隘不容车。不知何年少，夹毂

---

① 焜黄，黄色，衰貌。

② 《乐府解题》："古辞云：'君子防未然。'盖言远嫌疑也。"

③ 劳谦，谓身劳而谦恭。《易》："劳谦，君子有终吉。"

④ 《老子》："和其光。"言与物融和。

⑤ 白屋，贱人所居。《汉书·萧望之传》："恐非周公相成王躬吐握之礼，致白屋之意。"

⑥ 《史记·鲁周公世家》载周公戒伯禽曰："我一沐三捉发，一饭三吐哺，起以待士，犹恐失天下之贤人。子之鲁，慎无以国骄人。"

⑦ 《相逢行》，一曰《相逢狭路间行》，亦曰《长安有狭斜行》，为相和清调曲之一。《乐府解题》："古词文意与《鸡鸣曲》同。"参看前《鸡鸣》篇。

问君家[①]。君家诚易知，易知复难忘。黄金为君门，白玉为君堂。堂上置尊酒，作使邯郸倡。中庭生桂树，华灯何煌煌！兄弟两三人，中子为侍郎。五日一来归，道上自生光。黄金络马头，观者盈道傍。入门时左顾，但见双鸳鸯。鸳鸯七十二，罗列自成行。音声何噰噰[②]！鹤鸣东西厢。大妇织绮罗，中妇织流黄[③]。小妇无所为，挟瑟上高堂。丈人且安坐，调丝方未央。

## 善哉行[④]

来日大难，口燥唇干。今日相乐，皆当喜欢。

经历名山，芝草翻翻[⑤]。仙人王乔[⑥]，奉药一丸。

---

① 毂，gǔ，车轮中心圆木。夹毂，谓夹于车毂之间。

② 噰，yōng。噰噰，鸟声和谐。

③ 流黄，指绢。

④ 此以下六章皆相和瑟调曲。《乐府解题》："古辞云：'来日大难，口燥唇干。'言人命不可保，当见亲友，且永长年术，与王乔、八公游焉。"按，魏明帝《步出夏门行》："善哉殊复善，弦歌乐我情。"然则"善哉"者，盖叹美之辞。

⑤ 翻翻，如波之荡漾。《楚辞·九章·悲回风》："漂翻翻其上下兮。"

⑥ 王乔，仙人名，即王子乔。《列仙传》载王子乔，周灵王太子晋也。好吹笙，作凤鸣。游伊洛之间，浮丘生接引上嵩山。后乘白鹤至缑氏山头，举手谢时人，数日而去。

自惜袖短，内手知寒[①]。惭无灵辄，以报赵宣[②]。
月没参横[③]，北斗阑干[④]。亲交在门，饥不及餐。
欢日尚少，戚日苦多。以何忘忧？弹筝酒歌。
淮南八公[⑤]，要道不烦。参驾六龙，游戏云端。

## 西门行[⑥]

出西行，步念之。今日不作乐，当待何时？
夫为乐，为乐当及时。何能坐愁怫郁[⑦]，当复待来兹？
饮醇酒，炙肥牛。请呼心所欢，何用解愁忧？

---

① 内，同“纳”。

② 灵辄，晋人。赵宣，晋卿赵宣子。《左传·宣公二年》载宣子田于首山，舍于翳桑，见灵辄饿，问其病，曰：“不食三日矣。”食之，舍其半。问之，曰：“宦三年矣，未知母之存否；今近焉，请以遗之。”使尽之，而为之箪食与肉，置诸橐以与之。既而与为公介，倒戟以御公徒，而免之。问何故，对曰：“翳桑之饿人也。”问其名居，不告而退，遂自亡也。

③ 参，shēn，星名。

④ 阑干，纵横之貌。

⑤ 八公，仙名。《神仙传》载淮南王与八公白日升天，所踏山上石皆陷成迹，鸡犬尽皆升天，故鸡鸣天上，犬吠云中也。

⑥ 古辞《西门行》，言须及时为乐也。又有《顺东西门行》，为三七言，亦伤时顾阴，有类于此。

⑦ 怫郁，愤懑貌。

人生不满百，常怀千秋忧。昼短苦夜长，何不秉烛游？

自非仙人王子乔[①]，计会寿命难与期。自非仙人王子乔，计会寿命难与期。

人寿非金石，年命安可期？贪财爱惜费，但为后世嗤。

## 东门行[②]

出东门，不顾归。来入门，怅欲悲。盎中无斗储[③]，还视桁上无悬衣[④]。

拔剑出门去，儿女牵衣啼。他家但愿富贵，贱妾与君共铺糜[⑤]。

共铺糜，上用沧浪天，故下为黄口小儿[⑥]。今时

---

① 王子乔，见前《善哉行》注。

② 《乐府解题》："古词云：'出东门，不顾归。来入门，怅欲悲。'言士有贫不安其居者，拔剑将去，妻子牵衣留之，愿共铺糜，不求富贵，且曰：今时清，不可为非也。"

③ 盎，盆。

④ 桁，héng，衣架。

⑤ 铺，食。糜，粥。

⑥ 沈德潜云："句中或有讹字。"

清廉难犯教，言君复自爱，莫为非。

今时清廉难犯教，言君自爱，莫为非。行吾去为迟。平慎行，望君归。

## 孤儿行[①]

孤儿生，孤子遇生，命当独苦。父母在时，乘坚车，驾驷马。父母已去，兄嫂令我行贾。南到九江，东到齐与鲁。腊月来归，不敢自言苦。头多虮虱，面目多尘。大兄言办饭，大嫂言视马。上高堂，行取殿下堂[②]，孤儿泪下如雨。使我朝行汲，暮得水来归。手为错，足下无菲[③]。怆怆履霜，中多蒺藜[④]。拔断蒺藜，肠肉中怆欲悲。泪下渫渫[⑤]，清涕累累。冬无复襦，夏无单衣。居生不乐，不如早去，下从地下黄泉。春风动，草萌芽。三月蚕桑，六月收瓜。将是瓜车，来到还家。瓜车反覆[⑥]，助我者

---

① 《孤子生行》，一曰《孤儿行》。古辞言孤儿为兄嫂所苦，难与久居也。

② 取，通“趋”。古屋之高严，通呼为殿。

③ 扉，通“菲”，草履。

④ 蒺藜，有刺草。

⑤ 渫渫，xièxiè，流貌。

⑥ 反覆，同“翻覆”。

少，啖瓜者多。愿还我蒂，独且急归。兄与嫂严，当兴较计。

乱曰[①]：里中一何𫍢𫍢！愿欲寄尺书，将与地下父母，兄嫂难与久居。

## 艳歌行[②]

翩翩堂前燕，冬藏夏来见。兄弟两三人，流宕在他县[③]。故衣谁当补？新衣谁当绽？赖得贤主人，览取为吾组[④]。夫婿从门来，斜倚西北眄。语卿且勿眄，水清石自见。石见何累累，远行不如归。

## 陇西行[⑤]

天上何所有？历历种白榆。桂树夹道生，青龙

---

① 乐之卒章曰乱。

② 《乐府解题》："古辞云：'翩翩堂前燕，冬藏夏来见。'言燕尚冬藏夏来，兄弟反流宕他县，主妇为绽衣服，其夫见而疑之也。"

③ 流宕，同"流荡"。

④ 组，古"绽"字，缝补。

⑤ 《陇西行》，一曰《步出夏门行》。《乐府解题》："古辞云：'天上何所有？历历种白榆。'始言妇有容色，能应门承宾；次言善于主馈；终言迎送有礼。"《通典》："秦置陇西郡，以居垄坻之西为名。"

对道隅。凤皇鸣啾啾，一母将九雏。顾视世间人，为乐甚独殊[①]。好妇出迎客，颜色正敷愉[②]。伸腰再拜跪，问客平安否。请客北堂上，坐客毡氍毹。清白各异尊，酒上正华疏。酌酒持与客，客言主人持。却略再拜跪，然后持一杯。谈笑未及竟，左顾敕中厨。促令办粗饭，慎莫使稽留。废礼送客出，盈盈府中趋。送客亦不远，足不过门枢。取妇得如此，齐姜亦不如[③]。健妇持门户，亦胜一丈夫。

## 淮南王篇[④]

淮南王，自言尊，百尺高楼与天连。后园凿井

① 沈德潜曰："起八句若不相属，古诗往往有之，不必曲为之说。"

② 敷愉，悦乐之貌。

③ 齐姜，谓文姜，齐襄公之妹，鲁桓公夫人，以美称。《诗·鄘风·桑中》"美孟姜矣"即此。

④ 此为舞曲歌辞。崔豹《古今注》："《淮南王》，淮南小山之所作也。淮南王服食求仙，遍礼方士，遂与八公相携俱去，莫知所往。小山之徒思恋不已，乃作《淮南王曲》焉。"《汉武帝故事》："淮南王安好神仙，招方术之士，能为云雨。百姓传云：'淮南王，得天子，寿无极。'帝心恶之，使觇王，云能致仙人，与共游处，变化无常；又能隐形飞行，服气不食。帝闻而喜，欲受其道，王不肯传。帝怒，将诛焉。王知之，出令与群臣，因不知所之。"《乐府解题》："古词云：'淮南王，自言尊。'实言安仙去。"

银作床[1]，金瓶素绠汲寒浆。汲寒浆，饮少年。少年窈窕何能贤，扬声悲歌音绝天。我欲渡河河无梁，愿化双黄鹄还故乡。还故乡，入古里。裴佪故乡，苦身不已。繁舞寄声无不泰，徘徊桑梓游天外。

## 伤歌行[2]

昭昭素明月，辉光烛我床。忧人不能寐，耿耿夜何长！微风吹闺闼，罗帷自飘扬。揽衣曳长带，屣履下高堂。东西安所之？徘徊以彷徨。春鸟翻南飞，翩翩独翱翔。悲声命俦匹，哀鸣伤我肠。感物怀所思，泣涕忽沾裳。伫立吐高吟，舒愤诉穹苍。

## 悲歌

悲歌可以当泣，远望可以当归。思念故乡，郁郁累累。欲归家无人，欲渡河无船。心思不能言，肠中车轮转。

---

① 床，井干，即设架井上以支桔槔者。

② 此以下四章皆杂曲歌辞。《乐府诗集》："《伤歌行》，侧调曲也。古辞：伤日月代谢，年命遒尽，绝离知友，伤而作歌也。"

## 枯鱼过河泣

枯鱼过河泣，何时悔复及？作书与鲂鱮，相教慎出入。

## 古歌

秋风萧萧愁杀人：出亦愁，入亦愁。座中何人，谁不怀忧，令我白头。胡地多飙风，树木何修修。离家日趍远[①]，衣带日趍缓[②]。心思不能言，肠中车轮转。

## 孔雀东南飞[③]

孔雀东南飞，五里一裴徊。

“十三能织素，十四学裁衣。十五弹箜篌，

① 趍，同“趋”。

② 沈德潜云：“‘离家’二句，同《行行重行行》篇，然‘以’字浑，‘趍’字新，此古诗乐府之别。”

③ 一名《焦仲卿妻》。《乐府诗集》：“《焦仲卿妻》，不知谁氏之所作也。其序曰：汉末建安中，庐江府小吏焦仲卿妻刘氏，为仲卿母所遣，自誓不嫁。其家逼之，乃没水而死。仲卿闻之，亦自缢于庭树。时人伤之，而为此辞也。”

十六诵诗书。十七为君妇，心中常苦悲。君既为府吏，守节情不移。贱妾留空房，相见常日稀。鸡鸣入机织，夜夜不得息。三日断五匹，大人故嫌迟。非为织作迟，君家妇难为。妾不堪驱使，徒留无所施。便可白公姥，及时相遣归。”

府吏得闻之，堂上启阿母：“儿已薄禄相，幸复得此妇。结发同枕席，黄泉共为友。共事二三年，始尔未为久。女行无偏斜，何意致不厚？”

阿母谓府吏：“何乃太区区[①]！此妇无礼节，举动自专由。吾意久怀忿，汝岂得自由？东家有贤女，自名秦罗敷。可怜体无比，阿母为汝求。便可速遣之，遣去慎莫留。”

府吏长跪告：“伏惟启阿母，今若遣此妇，终老不复取[②]。”

阿母得闻之，槌床便大怒[③]：“小子无所畏，何敢助妇语？吾已失恩义，会不相从许。”

府吏默无声，再拜还入户。举言谓新妇，哽咽

---

① 区区，小意。此谓心意狭小。

② 取，同“娶”。

③ 槌床，敲床。

不能语："我自不驱卿，逼迫有阿母。卿但暂还家，吾今且报府。不久当归还，还必相迎取。以此下心意，慎勿违我语。"

新妇谓府吏："勿复重纷纭。往昔初阳岁，谢家来贵门。奉事循公姥，进止敢自专？昼夜勤作息，伶俜萦苦辛[①]。谓言无罪过，供养卒大恩。仍更被驱遣，何言复来还？妾有绣腰襦，葳蕤自生光[②]。红罗复斗帐[③]，四角垂香囊。箱帘六七十，绿碧青丝绳。物物各自异，种种在其中。人贱物亦鄙，不足迎后人。留待作遣施，于今无会因[④]。时时为安慰，久久莫相忘。"

鸡鸣外欲曙，新妇起严妆[⑤]。著我绣裌裙，事事四五通。足下蹑丝履，头上玳瑁光。腰若流纨素，耳著明月珰[⑥]。指如削葱根，口如含珠丹。纤纤作细步，精妙世无双。

---

① 伶俜，孤单貌。
② 葳蕤，华美艳丽貌。
③ 斗帐，小帐形如覆斗。
④ 遣施，谓遣送施舍。会因，犹言机会。
⑤ 严妆，妆束整齐。
⑥ 珰，耳珠。

上堂拜阿母，阿母怒不止。“昔作女儿时，生小出野里。本自无教训，兼愧贵家子。受母钱帛多，不堪母驱使。今日还家去，念母劳家里。”

却与小姑别，泪落连珠子。“新妇初来时，小姑始扶床。今日被驱遣，小姑如我长。勤心养公姥，好自相扶将。初七及下九[①]，嬉戏莫相忘。”

出门登车去，涕落百余行。府吏马在前，新妇车在后。隐隐何甸甸[②]，俱会大道口。

下马入车中，低头共耳语：“誓不相隔卿，且暂还家去。吾今且赴府，不久当还归，誓天不相负。”

新妇谓府吏：“感君区区怀。君既若见录，不久望君来。君当作磐石，妾当作蒲苇。蒲苇纫如丝，盘石无转移。我有亲父兄，性行暴如雷。恐不任我意，逆以煎我怀。”举手长劳劳[③]，二情同依依。

---

① 伊世珍《琅嬛记》：“古人……以十九日为下九。每月下九，置酒为妇女之欢，名曰阳会。盖女子阴也，待阳以成；故女子于是夜为藏钩诸戏，以待月明，至有忘寐而达曙者。”

② 甸甸，tiántián，群行之声。

③ 劳劳，谓劳之至，言不住也。

入门上家堂，进退无颜仪。阿母大拊掌[1]：“不图子自归！十三教汝织，十四能裁衣。十五弹箜篌，十六知礼仪。十七遣汝嫁，谓言无誓违。汝今何罪过，不迎而自归？”

兰芝惭阿母：“儿实无罪过。”阿母大悲摧[2]。

还家十余日，县令遣媒来。云有第三郎，窈窕世无双。年始十八九，便言多令才。

阿母谓阿女：“汝可去应之。”

阿女含泪答：“兰芝初还时，府吏见丁宁，结誓不别离。今日违情义，恐此事非奇。自可断来信，徐徐更谓之。”

阿母白媒人：“贫贱有此女，始适还家门。不堪吏人妇，岂合令郎君？幸可广问讯，不得便相许。”

媒人去数日，寻遣丞请还，说有兰家女，承籍有宦官。“云有第五郎，娇逸未有婚。遣丞为媒人，主簿通语言[3]。直说太守家，有此令郎君。既欲结大

① 拊掌，拍手惊异。

② 悲摧，悲伤。

③ 丞及主簿，皆县令掾属。

义，故遣来贵门。”

阿母谢媒人：“女子有先誓，老姥岂敢言？”

阿兄得闻之，怅然心中烦。举言谓阿妹：“作计何不量？先嫁得府吏，后嫁得郎君。否泰如天地，足以荣汝身。不嫁义郎体，其往欲何云？”

兰芝仰头答：“理实如兄言。谢家事夫婿，中道还兄门。处分适兄意，那得自任专？虽与府吏要[①]，渠会永无缘。登即相许和，便可作婚姻。”

媒人下床去，诺诺复尔尔。还部白府君：“下官奉使命，言谈大有缘。”

府君得闻之，心中大欢喜。视历复开书：“便利此月内。六合正相应[②]，良吉三十日。今已二十七，卿可去成婚。”

交语速装束，络绎如浮云。青雀白鹄舫，四角龙子幡。婀娜随风转，金车玉作轮。踯躅青骢马，流苏金缕鞍。赍钱三百万，皆用青丝穿。杂彩三百匹，交广市鲑珍。从人四五百，郁郁登郡门。

---

① 要，约定。

② 六合，谓月建与日辰相合。

阿母谓阿女：“适得府君书，明日来迎汝。何不作衣裳？莫令事不举。”

阿女默无声，手巾掩口啼，泪落便如泻。移我琉璃榻，出置前窗下。左手持刀尺，右手执绫罗。朝成绣裌裙，晚成单罗衫。晻晻日欲暝，愁思出门啼。

府吏闻此变，因求假暂归。未至二三里，摧藏马悲哀。新妇识马声，蹑履相逢迎。怅然遥相望，知是故人来。

举手拍马鞍，嗟叹使心伤：“自君别我后，人事不可量。果不如先愿，又非君所详。我有亲父母，逼迫兼弟兄。以我应他人，君还何所望？”

府吏谓新妇：“贺卿得高迁！磐石方且厚，可以卒千年。蒲苇一时纫，便作旦夕间。卿当日胜贵，吾独向黄泉。”

新妇谓府吏：“何意出此言？同是被逼迫，君尔妾亦然。黄泉下相见，勿违今日言。”

执手分道去，各各还家门。生人作死别，恨恨那可论！念与世间辞，千万不复全。

府吏还家去，上堂拜阿母：“今日大风寒，寒风摧树木，严霜结庭兰。儿今日冥冥，令母在后单。故作不良计，勿复怨鬼神。命如南山石，四体康且直。”

阿母得闻之，零泪应声落：“汝是大家子，仕宦于台阁。慎勿为妇死，贵贱情何薄！东家有贤女，窈窕艳城郭。阿母为汝求，便复在旦夕。”

府吏再拜还，长叹空房中，作计乃尔立。转头向户里，渐见愁煎迫。

其日牛马嘶，新妇入青庐[①]。奄奄黄昏后，寂寂人定初。“我命绝今日，魂去尸长留。”揽裙脱丝履，举身赴清池。

府吏闻此事，心知长别离。徘徊顾树下，自挂东南枝。

两家求合葬，合葬华山傍。东西植松柏，左右种梧桐。枝枝相覆盖，叶叶相交通。中有双飞鸟，自名为鸳鸯。仰头相向鸣，夜夜达五更。行人驻足听，寡妇起彷徨。多谢后世人，戒之慎勿忘！

---

① 段成式《酉阳杂俎》：“北朝婚礼，青布幔为屋，在门内外，谓之青庐，于此交拜。”

## 陇头歌[①]

陇头流水[②]，流离四下。念我行役，飘然旷野。登高望远，涕零双堕。陇头流水，鸣声幽咽。遥望秦川[③]，肝肠断绝。

## 短歌行（魏武帝）[④]

对酒当歌，人生几何！譬如朝露，去日苦多。慨当以慷，幽思难忘。何以解忧？惟有杜康[⑤]。青青子衿，悠悠我心[⑥]。但为君故，沉吟至今。呦呦鹿

---

① 《陇头歌》，为横吹曲辞之一。《乐府诗集》："横吹曲，其始亦谓之鼓吹，马上奏之，盖军中之乐也。"《乐府解题》："汉横吹曲，二十八解，李延年造。魏、晋已来，唯传十曲……二曰《陇头》。"

② 《通典》载天水郡有大坂，名曰陇坻，亦曰陇山，即汉陇关也。《三秦记》载其坂九回，不知高几许，欲上者七日乃越，高处可容百余家，上有清水四注下，所谓陇头水也。（参看前《四愁诗》注）

③ 《读史方舆纪要》载陕西谓之秦川，亦曰关中。

④ 《短歌行》，为相和平调之一。《乐府解题》："《短歌行》……言当及时为乐也。"（参看前《长歌行》注）魏太祖武皇帝，沛国谯人，姓曹氏，讳操，字孟德。少机警，有权数，而任侠放荡。举孝廉，为郎，迁南顿令，后封魏王。文帝追谥曰武皇帝。

⑤ 《博物志》："杜康作酒。"或云黄帝时宰人，号酒泉太守。

⑥ 《诗·郑风·子衿》篇句。青衿，即青领，学子之所服。学子俱在学校之中，己留彼去，故随而思之耳。

鸣，食野之苹。我有嘉宾，鼓瑟吹笙①。明明如月，何时可掇？忧从中来，不可断绝②。越陌度阡③，枉用相存。契阔谈宴，心念旧恩。月明星稀，乌鹊南飞。绕树三匝，何枝可依④？山不厌高，海不厌深。周公吐哺⑤，天下归心。

## 薤露⑥（前人）

惟汉二十世⑦，所任诚不良。沐猴而冠带，知小而谋强。犹豫不敢断，因狩执君王。白虹为贯日⑧，己亦先受殃。贼臣执国柄，杀主灭宇京。荡覆帝基业，宗庙以燔丧。播越西迁移，号泣而且行。瞻彼

---

① 四句见《诗·小雅·鹿鸣》。苹，草名，蒿类。鹿得苹草，呦呦然而鸣，相呼而食，以与喜乐，宾客相招以盛礼也。

② 掇，拾取。言月之不可掇，由忧之不可绝。

③ 应劭《风俗通》载里语曰："越陌度阡，更为客主。"

④ 四句喻客子无所依托。

⑤ 见前《君子行》注。

⑥ 薤露，见前《薤露歌》注。沈德潜曰："此指何进召董卓事，汉末实录也。"

⑦ 东西汉合共二十二世；此言二十世，举其大数而言之。

⑧《后汉书·孝献帝纪》载初平元年春正月癸酉，董卓杀弘农王。二月丁亥，迁都长安。董卓驱徙京师百姓悉西入关。壬辰，白虹贯日。三月乙巳，车驾入长安，幸未央宫。己酉，董卓焚洛阳宫庙及人家。

洛城郭，微子为哀伤[①]。

## 蒿里行[②]（前人）

关东有义士，兴兵讨群凶。初期会盂津，乃心

① 见前《麦秀歌》题注。

② 见前《薤露歌》题注。沈德潜曰："此指本初（袁绍）、公路（袁术）辈讨董卓而不能成功也。"《后汉书·袁绍传》："初平元年，绍遂以勃海起兵，以从弟后将军术、冀州牧韩馥、豫州刺史孔伷、兖州刺史刘岱、陈留太守张邈、广陵太守张超、河内太守王匡、山阳太守袁遗、东郡太守桥瑁、济北相鲍信等，同时俱起，众各数万，以讨卓为名。绍与王匡屯河内，伷屯颍川，馥屯邺，余军咸屯酸枣。约盟，遥推绍为盟主。绍自号车骑将军，领司隶校尉。……是时豪杰既多附绍，……州郡蜂起，莫不以袁氏为名。韩馥见人情归绍，忌方得众，恐将图己，常遣从事守绍门，不听发兵。桥瑁乃诈作三公移书，传驿州郡，说董卓罪恶，天子危逼，企望义兵以释国难。馥于是方听绍举兵，乃谋于众曰：'助袁氏乎？助董氏乎？'治中刘惠勃然曰：'兴兵为国，安问袁、董？'馥意犹深疑于绍，每贬节军粮，欲使离散。明年……绍客逢纪谓绍曰：'夫举大事，非据一州，无以自立。今冀部强实，而韩馥庸才，可密要公孙瓒将兵南下，馥闻必骇惧……必可因据其位。'绍然之，益亲纪，即以书与瓒。瓒遂引兵而至，外托董卓而阴谋袭馥。绍乃使外甥陈留高干及颍川荀谌等说馥……馥素性恇怯……遣子送印绶以让绍。绍遂领冀州牧，……馥自怀猜惧，辞绍索去，往依张邈。后绍遣使诣邈，有所计议，因共耳语。馥时在坐，谓见图谋，无何，如厕自杀。其冬，公孙瓒大破黄巾……威震河北，冀州诸城，无以不望风响应，绍乃自击之。……三年，瓒又遣兵至龙凑挑战，绍复击破之。瓒遂还幽州，不敢复出。"此即所谓"军合力不齐，踌躇而雁行。势利使人争，嗣还自相戕"也。

在咸阳。军合力不齐，踌躇而雁行。势利使人争，嗣还自相戕。淮南弟称号，刻玺于北方[①]。铠甲生虮虱，万姓以死亡。白骨露于野，千里无鸡鸣。生民百遗一，念之断人肠。

## 苦寒行[②]（前人）

北上太行山[③]，艰哉何巍巍！羊肠坂诘屈[④]，车轮为之摧。树木何萧瑟！北风声正悲。熊罴对我蹲，虎豹夹路啼。溪谷少人民，雪落何霏霏！延颈长叹息，远行多所怀。我心何怫郁！思欲一东

---

① 《后汉书·刘虞传》：“刘虞，字伯安，东海郯人也。……初举孝廉，稍迁幽州刺史。……威信素著，恩积北方。……（初平）二年，冀州刺史韩馥、勃海太守袁绍及山东诸将议，以朝廷幼冲，逼于董卓，远隔关塞，不知存否；以虞宗室长者，欲立为主。乃遣故乐浪太守张岐等赍议，上虞尊号。”

② 《苦寒行》，为相和清调曲之一。《文选》李善注引《歌录》：此征高干时作。《三国志·魏书·武帝纪》：“初，袁绍以甥高干领并州牧。公之拔邺，干降，遂以为刺史。干闻公讨乌丸，乃以州叛。执上党太守，举兵守壶关口。……十一年，春正月，公征干，……围壶关。三月，拔之。干遂走荆州。上洛都尉王琰捕斩之。”按，壶关故城在今山西长治市东。

③ 太行山，在今山西晋城市南。

④ 诘屈，屈曲。

归。水深桥梁绝，中路正徘徊。迷惑失故路，薄暮无宿栖。行行日已远，人马同时饥。担囊行取薪，斧冰持作糜。悲彼《东山》诗[①]，悠悠使我哀。

## 却东西门行[②]（前人）

鸿雁出塞北，乃在无人乡。举翅万里余，行止自成行。冬节食南稻，春日复北翔。田中有转蓬[③]，随风远飘扬。长与故根绝，万岁不相当。奈何此征夫，安得去四方？戎马不解鞍，铠甲不离傍。冉冉老将至，何时返故乡？神龙藏深泉，猛兽步高冈。狐死归首丘[④]，故乡安可忘？

---

① 《诗·豳风·东山》篇序："《东山》，周公东征也。周公东征，三年而归，劳归士，大夫美之，故作是诗也。"其一章曰："我徂东山，慆慆不归。"又曰："我东曰归，我心西悲。"

② 《却东西门行》，为相和瑟调曲之一。

③ 转蓬，蓬草秋枯根拔，因风而转。

④ 《礼记·檀弓》："古之人有言曰：狐死正丘首，仁也。"孔疏："丘是狐窟穴根本之处，虽狼狈而死，意犹向此丘。"

## 短歌行（魏文帝）[1]

仰瞻帷幕，俯察几筵。其物如故，其人不存。神灵倏忽，弃我遐迁。靡瞻靡恃，泣涕涟涟。呦呦游鹿，衔草鸣麑[2]。翩翩飞鸟，挟子巢栖。我独孤茕，怀此百离[3]。忧心孔疚，莫我能知。人亦有言，忧令人老。嗟我白发，生一何早！长吟永叹，怀我圣考。曰仁者寿[4]，胡不是保？

## 善哉行[5]（前人）

上山采薇，薄暮苦饥。溪谷多风，霜露沾衣。野雉群雊[6]，猿猴相追。还望故乡，郁何垒垒！高山

① 见前《短歌行》题注。魏文帝讳丕，字子桓，太祖太子也，为五官中郎将。太祖薨，嗣位为丞相、魏王，受汉禅，即皇帝位。

② 麑，ní，鹿子。鸣麑，谓呼其子。

③ 茕，qióng。孤茕，孤单无所依。百离，扬雄《反离骚》："何百离而曾不壹耦！"

④ 《论语·雍也》："智者乐，仁者寿。"

⑤ 见前《善哉行》题注。

⑥ 雊，gòu，雉鸣声。

有崖，林木有枝。忧来无方，人莫之知[①]。人生如寄，多忧何为。今我不乐，岁月如驰。汤汤川流，中有行舟。随波转薄，有似客游。策我良马，被我轻裘。载驰载驱，聊以忘忧。

## 燕歌行[②]（前人）

秋风萧瑟天气凉，草木摇落露为霜。群燕辞归雁南翔，念君客游思断肠。慊慊思归恋故乡[③]，君何淹留寄他方？贱妾茕茕守空房，忧来思君不敢忘，不觉泪下沾衣裳。援琴鸣弦发清商，短歌微吟不能长。明月皎皎照我床，星汉西流夜未央。牵牛织女遥相望[④]，尔独何辜限河梁！

---

① 言高山之有崖，林木之有枝，智愚同知之；今忧来乃无定方，而人皆莫能知之。

② 《燕歌行》，为相和平调曲之一。《乐府解题》：“晋乐奏魏文帝‘秋风’‘别日’二曲，言时序迁换，行役不归，妇人怨旷，无可诉也。”《乐府广题》：“燕，地名也。言良人从役于燕而为此曲。”

③ 慊慊，不满足之貌。

④ 牵牛、织女，并星名。曹植《九咏》注：“牵牛为夫，织女为妇。织女牵牛之星，各处一旁，七月七日得一会同矣。”

## 塘上行（甄后）[1]

蒲生我池中，其叶何离离！傍能行仁义，莫若妾自知。众口铄黄金，使君生别离。念君去我时，独愁常苦悲。想见君颜色，感结伤心脾。念君常苦悲，夜夜不能寐。莫以贤豪故，弃捐素所爱。莫以鱼肉贱，弃捐葱与薤。莫以麻枲贱，弃捐菅与蒯[2]。出亦复苦愁，入亦复苦愁。边地多悲风，树木何翛翛[3]！从军致独乐，延年寿千秋。

## 种瓜篇（魏明帝）[4]

种瓜东井上，冉冉自逾垣。与君新为婚，瓜

---

① 《塘上行》，为相和清调曲之一。《邺都故事》："魏文帝甄皇后，中山无极人。袁绍据邺，与中子熙娶后为妻。后太祖破绍，文帝时为太子，遂以后为夫人。后为郭皇后所谮，文帝赐死后宫，临终为诗曰（云云）。"《歌录》："《塘上行》，古辞，或云甄皇后造。"《乐府解题》："前志云：晋乐奏魏武帝《蒲生篇》，而诸集录皆言其词文帝甄后所作，叹以谗诉见弃，犹幸得新好，不遗故恶焉。"

② 枲，xǐ，牡麻。菅，jiān，多年生草，一名菅茅，叶状如白茅。蒯，kuǎi，菅类。

③ 翛，xiāo。翛翛，凋敝之貌。

④ 《种瓜篇》，《乐府诗集》不录，亦杂曲歌辞之一。魏明帝名叡，字元仲，魏文帝太子。

葛相结连。寄托不肖躯，有如倚太山。兔丝无根株，蔓延自登缘。萍藻托清流，常恐身不全。被蒙丘山惠，贱妾执拳拳。天日照知之，想君亦俱然。

## 鰕䱇篇（曹植）[①]

鰕䱇游潢潦[②]，不知江海流。燕雀戏藩柴，安识鸿鹄游[③]？世士此诚明，大德固无俦。驾言登五岳，然后小陵丘。俯观上路人，势利惟是谋。雠高念皇家，远怀柔九州。抚剑而雷音，猛气纵横浮。泛泊徒嗷嗷，谁知壮士忧？

---

① 《鰕䱇篇》，为相和平调曲之一。《乐府解题》："曹植拟《长歌行》为《鰕䱇》。"曹植，字子建，魏文帝之弟，武帝第三子。封陈王，卒谥曰"思"，故亦称陈思王。十岁善属文，援笔立成，甚为武帝所爱，文帝忌而疏之。既就国，每欲求别见，幸冀试用，终不能得，怅然绝望，遂发疾薨。植文才富艳，谢灵运尝言天下文章只一石，子建独得八斗，其推重如此。所著诗文有《曹子建集》，凡十卷。

② 䱇，同"鳝"。潢，积水。潦，lǎo，亦积水之义。

③ 《汉书·陈胜传》："燕雀安知鸿鹄之志哉？"

## 泰山梁甫行[1]（前人）

八方各异气，千里殊风雨。剧哉边海民，寄身于草墅[2]。妻子象禽兽，行止依林阻[3]。柴门何萧条！狐兔翔我宇。

## 箜篌引[4]（前人）

置酒高殿上，亲友从我游。中厨办丰膳，烹羊宰肥牛。秦筝何慷慨[5]，齐瑟和且柔[6]。阳阿奏奇舞[7]，京洛出名讴。乐饮过三爵，缓带倾庶羞[8]。主称千年寿，宾奉万年酬。久要不可忘[9]，薄终义所尤[10]。谦谦

---

① 《泰山梁甫行》，为相和楚调曲之一。《乐府解题》："曹植改《泰山梁甫》为《八方》。"
② 墅，shù，田庐。
③ 阻，要隘之地。
④ 见前《箜篌引》题注。
⑤ 《文选》李善注引《楚辞》："挟秦筝而弹徵。"
⑥ 《史记·苏秦列传》载苏秦说齐王曰：临淄之民无不鼓瑟也。
⑦ 《汉书·赵皇后传》："（后）初生时，父母不举……及壮，属阳阿主家。"注云：阳阿，平原之县也。
⑧ 庶羞，各种美味。
⑨ 《论语·宪问》："久要不忘平生之言。"要，约。
⑩ 《列子·力命》："厚之于始，或薄之于终。"

君子德[①]，磬折欲何求[②]？惊风飘白日，光景驰西流。盛时不可再，百年忽我遒[③]。生在华屋处，零落归山丘。先民谁不死，知命复何忧？

## 怨歌行[④]（前人）

为君既不易，为臣良独难。忠信事不显，乃有见疑患[⑤]。周公佐成王，金縢功不刊[⑥]。推心辅王室，二叔反流言。待罪居东国，泣涕常留连。皇灵大动变，震雷风且寒。拔树偃秋稼，天威不可干。素服开金縢，感悟求其端。公旦事既显，成

---

① 《易》:“谦谦君子，卑以自牧。”

② 磬折，谓身偻折如磬之背。

③ 遒，终。

④ 见前《怨歌行》题注。

⑤ 有，同“又”。

⑥ 《尚书》有《金縢》篇，言武王有疾，周公作策书告神，请代武王死。事毕，纳书于金縢之匮。金縢者，谓以金缄之，不欲人开也。“武王既丧，管叔及其群弟乃流言于国，曰：‘公将不利于孺子（谓成王）。’……周公居东二年，则罪人斯得。……秋，大熟，未获，天大雷电以风，禾尽偃，大木斯拔，邦人大恐。王与大夫尽弁，以启金縢之书，乃得周公所自以为功代武王之说。……王执书以泣，曰：‘……昔公勤劳王家，惟予冲人弗及知。今天动威以彰周公之德。惟朕小子其新逆，我国家礼亦宜之。’王出郊，天乃雨，反风，禾则尽起。”

王乃哀叹。吾欲竟此曲，此曲悲且长。今日乐相乐，别后莫相忘。

## 名都篇[①]（前人）

名都多妖女，京洛出少年。宝剑值千金，被服丽且鲜。斗鸡东郊道，走马长楸间。驰骋未能半，双兔过我前。揽弓捷鸣镝[②]，长驱上南山。左挽因右发，一纵两禽连[③]。余巧未及展，仰手接飞鸢。观者咸称善，众工归我妍。归来宴平乐[④]，美酒斗十千。脍鲤臇胎鰕[⑤]，炮鳖炙熊蹯。鸣俦啸匹侣，列坐竟长筵。连翩击鞠壤[⑥]，巧捷惟万端。白日西南驰，光景不可攀。云散还城邑，清晨复来还。

---

① 《歌录》："《名都》《美女》《白马》，并齐瑟行也。"《乐府诗集》："名都者，邯郸、临淄之类也。以刺时人骑射之妙、游骋之乐，而无忧国之心也。"

② 鸣镝，指箭。《汉书·匈奴传》："冒顿乃作鸣镝，习勒其骑射。"《仪礼》：司射：搢三，挟一。注："搢，捷也。"按，捷为插之义。

③ 纵，发矢。《周礼》郑玄注："凡鸟兽未孕曰禽。"两禽，指双兔。

④ 平乐，观名。

⑤ 臇，juǎn。《苍颉解诂》："臇，少汁臛也。"按，臛即肉羹。

⑥ 鞠、壤，皆为古代戏具。

## 美女篇[①]（前人）

美女妖且闲[②]，采桑歧路间。柔条纷冉冉，落叶何翩翩！攘袖见素手，皓腕约金环[③]。头上金爵钗，腰佩翠琅玕[④]。明珠交玉体，珊瑚间木难[⑤]。罗衣何飘飖！轻裾随风还。顾盼遗光彩，长啸气若兰。行徒用息驾，休者以忘餐。借问女安居？乃在城南端。青楼临大路，高门结重关。容华耀朝日，谁不希令颜[⑥]！媒氏何所营？玉帛不时安[⑦]。佳人慕高义，求贤良独难。众人徒嗷嗷，安知彼所观？盛年处房室，中夜起长叹。

---

① 《乐府诗集》："《美女》者，以喻君子。言君子有美行，愿得明君而事之。若不遇时，虽见征求，终不屈也。"

② 闲，娴雅。

③ 攘袖，卷袖。金环，金钏。

④ 《文选》李善注引《释名》："爵钗，钗头上施爵。"琅玕，见前《四愁诗》注。

⑤ 《南越志》："木难，金翅鸟沫所成碧色珠也，大秦国珍之。"

⑥ 令颜，美颜。

⑦ 安，定，定下婚约。

# 白马篇[1]（前人）

白马饰金羁，连翩西北驰。借问谁家子？幽并游侠儿[2]。少小去乡邑，扬声沙漠垂[3]。宿昔秉良弓，楛矢何参差[4]！控弦破左的，右发摧月支[5]。仰手接飞猱[6]，俯身散马蹄。狡捷过猴猿，勇剽若豹螭[7]。边城多警急，胡虏数迁移。羽檄从北来，厉马登高堤[8]。长驱蹈匈奴，左顾凌鲜卑[9]。弃身锋刃端，性命安可怀！父母且不顾，何言子与妻？名编壮士籍，

---

① 《乐府诗集》："《白马》者，见乘白马而为此曲。言人当立功立事，尽力为国，不可念私也。"《乐府解题》："鲍照云：'白马骍角弓。'沈约云：'白马紫金鞍。'皆言边塞征战之事。"

② 幽、并，二州名。幽州，今河北、辽宁两省之地。并州，今山西省及河北一部分之地。

③ 垂，同"陲"，边疆。

④ 楛，hù，木名，似荆而赤，茎可为矢干。《孔子家语》："肃慎氏贡楛矢。"

⑤ 颜延之《赭白马赋》："经玄蹄而雹散，历素支而冰裂。"注："玄蹄，马蹄也；素支，月支也。皆射帖名也。言马既良，射者亦中，故玄蹄雹散，素支冰裂也。"摧，亦破之义。

⑥ 猱，náo，猿属。凡物飞近前，射之曰接。

⑦ 剽，piāo，轻。螭，猛兽名。

⑧ 厉，同"励"。

⑨ 鲜卑，北方族名。

不得中顾私。捐躯赴国难，视死忽如归。

## 圣皇篇[①]（前人）

圣皇应历数[②]，正康帝道休[③]。九州咸宾服[④]，威德洞八幽[⑤]。三公奏诸公，不得久淹留。藩位任至重，旧章咸率由[⑥]。侍臣省文奏，陛下体仁慈。沉吟有爱恋，不忍听可之。迫有官典宪，不得顾恩私。诸王当就国，玺绶何累缞[⑦]！便时舍外殿，宫省寂无人[⑧]。主上增顾念，皇母怀苦辛。何以为赠赐？倾府

---

① 《圣皇篇》，为鞞舞歌之一。《宋书·乐志》："鞞舞未详所起，然汉代已施于燕享矣，傅毅、张衡所赋，皆其事也。"《古今乐录》："鞞舞，梁谓之鞞扇舞，即巴渝是也。鞞扇，器名也。……汉曲五篇……魏曲五篇……并明帝造，以代汉曲，其辞并亡。陈思王又有五篇，一《圣皇》。"曹植《鞞舞歌》序："汉灵帝西园鼓吹有李坚者，能鞞舞，遭乱，西随段颎。先帝闻其旧有技，召之。坚既中废，兼古曲多谬误……故改作新歌五篇。"

② 《书·大禹谟》："天之历数在汝躬。"注："历数，谓天道。"

③ 休，休美。

④ 《尔雅·释诂》："宾，服也。"疏："宾者，怀德而服。"《礼记·乐记》："暴民不作，诸侯宾服。"

⑤ 八幽，谓八方幽隐之处。

⑥ 《诗·大雅·假乐》："不愆不忘，率由旧章。"

⑦ 缞，cuī。累缞，繁多貌。

⑧ 宫省，宫禁。

竭宝珍。文钱百亿万，采帛若烟云。乘舆服御物，锦罗与金银。龙旂垂九旒，羽盖参班轮[①]。诸王自计念，无功荷厚德。思一效筋力，糜躯以报国[②]。鸿胪拥节卫[③]，副使随经营。贵戚并出送，夹道交辎軿[④]。车服齐整设，韡烨曜天精[⑤]。武骑卫前后，鼓吹箫笳声。祖道魏东门，泪下沾冠缨。攀盖因内顾，俯仰慕同生。行行将日暮，何时还阙庭？车轮为徘徊，四马蹰躇鸣。路人尚酸鼻，何况骨肉情？

## 吁嗟篇[⑥]（前人）

吁嗟此转蓬！居世何独然[⑦]？长去本根逝，夙夜无休闲。东西经七陌，南北越九阡。卒遇回风起，吹我入云间。自谓终天路，忽然下流泉。惊飙

---

① 《晋书·舆服志》："凡诸使车，皆朱班轮，赤衡軶。"

② 糜躯，犹言碎躯。

③ 鸿胪，汉典客之官。

④ 辎軿，zīpíng，妇人之车，四面屏蔽者。

⑤ 韡，wěi。韡烨，华盛貌。《淮南子·本经训》："天之精，日、月、星、辰、雷、电、风、雨也。"

⑥ 《吁嗟篇》，为相和清调曲之一。《乐府解题》："曹植拟《苦寒行》为《吁嗟》。"（参看前《苦寒行》题注）

⑦ 转蓬，见前《却东西门行》注。何独然，何独不然。

接我出，故归彼中田。当南而更北，谓东而反西。宕宕当何依，忽亡而忽存。飘飖周八泽[①]，连翩历五山[②]。流转无恒处，谁知我苦艰？愿为中林草，秋随野火燔。糜灭岂不痛？愿与根荄连[③]。

## 弃妇篇[④]（前人）

石榴植前庭，绿叶摇缥青[⑤]。丹华灼烈烈，璀璨有光荣。光荣晔流离，可以处淑灵。有鸟飞来集，拊翼以悲鸣。悲鸣夫何为？丹华实不成。拊心常叹息，无子当归宁。有子月经天，无子若流星。天月相终始，流星没无精。栖迟失所宜，下与瓦石并。忧怀从中来，叹息通鸡鸣。反侧不能寐，逍遥于前庭。踟蹰还入房，肃肃帷幕声。搴帷更摄带，抚弦

① 《淮南子·地形训》："凡八殥八泽之云，是雨九州。"八泽，指大泽、大渚、元泽、浩泽、丹泽、泉泽、海泽、寒泽等八方之泽。——校订者注

② 《汉书·郊祀志》："天下名山八，而三在蛮夷，五在中国。中国华山、首山、太室山、泰山、东莱山，此五山，黄帝之所常游，与神会。"

③ 荄，见前《青阳》注。

④ 《弃妇篇》，亦杂曲歌辞之一。《乐府诗集》不载。

⑤ 缥，piǎo。缥青，淡青色。

弹鸣筝。慷慨有余音，要妙悲且清。收泪长叹息，何以负神灵？招摇待霜露，何必春夏成？晚获为良实，愿君且安宁。

## 当来日大难[①]（前人）

日苦短，乐有余，乃置玉樽办东厨。广情故，心相于[②]。阖门置酒，和乐欣欣。游马后来，辕车解轮。今日同堂，出门异乡。别易会难，各尽杯觞。

## 野田黄雀行[③]（前人）

高树多悲风，海水扬其波。利剑不在掌，结交何须多？不见篱间雀，见鹞自投罗。罗家得雀喜，少年见雀悲。拔剑捎罗网[④]，黄雀得飞飞。飞飞摩苍天，来下谢少年。

---

① 《乐府解题》："曹植拟《善哉行》为《日苦短》。"（参看前《善哉行》题注）

② 相于，相依以居。孔融《与韦甫休书》："不得复与足下岸帻广坐，举杯相于，以为邑邑。"

③ 《野田黄雀行》，为相和瑟调曲之一。

④ 捎，破除。《史记·龟策列传》："以夜捎兔丝去之。"

## 当墙欲高行[①]（前人）

龙欲升天须浮云，人之仕进待中人。众口可以铄金[②]，谗言三至，慈母不亲[③]。愦愦俗间[④]，不辨伪真。愿欲披心自说陈，君门以九重，道远河无津。

## 饮马长城窟行（陈琳）[⑤]

饮马长城窟，水寒伤马骨。往谓长城吏：慎莫稽留太原卒。官作自有程，举筑谐汝声[⑥]。男儿宁当格斗死，何能怫郁筑长城？长城何连连！连连三千里。边城多健少，内舍多寡妇。作书与内舍："便

---

① 《当墙欲高行》，为杂曲歌辞之一。

② 《国语·周语》："众心成城，众口铄金。"

③ 《史记·甘茂列传》："鲁人有与曾参同姓名者杀人，人告其母曰'曾参杀人'，其母织自若也。顷之，一人又告之曰'曾参杀人'，其母尚织自若也。顷又一人告之曰'曾参杀人'，其母投杼下机，逾墙而走。"《古乐府》："三夫成市虎，慈母投杼趋。"

④ 愦愦，糊涂貌。

⑤ 见前《饮马长城窟行》题注。陈琳，东汉广陵人，字孔璋。初为何进主薄，后归袁绍。常为绍移书曹操，数其罪状。绍败，归曹操。操爱其才而不咎，以为记室。常为操作诸书及檄草进呈。操先苦头风，是日卧病，读琳所作，翕然而起曰："此愈我病。"数加厚赐。

⑥ 举筑谐汝声，言同声用力。

嫁莫留住。善待新姑嫜，时时念我故夫子。”报书往边地：“君今出语一何鄙！”“身在祸难中，何为稽留他家子？生男慎莫举，生女哺用脯[①]。君独不见长城下，死人骸骨相撑拄。”“结发行事君，慊慊心意间。明知边地苦，贱妾何能久自全！”

## 克官渡（缪袭）[②]

克绍官渡由白马[③]，僵尸流血被原野。贼众如犬羊，王师尚寡。沙塠傍[④]，风飞扬。转战不利士卒

---

① 脯，fǔ，干肉。

② 《晋书·乐志》：“魏武帝使缪袭造鼓吹十二曲，以代汉曲。……二曰《战荥阳》……四曰《克官渡》……六曰《定武功》，七曰《屠柳城》。”又：“改《上之回》为《克官渡》，言曹公与袁绍战，破之于官渡也。”缪袭，字熙伯，东海人。有才学，多所叙述，官至尚书光禄勋。

③ 官渡，城名，在今河南中牟县东北。白马，故城在今河南滑县东北。《三国志·魏书·武帝纪》载建安五年正月，公还官渡。二月，（袁）绍遣郭图、淳于琼、颜良攻东郡太守刘延于白马。公斩颜良，解白马围。徙其民，循河而西，绍于是渡河追公军。至延津南，公勒兵驻营南阪下。有顷，骑至稍多。乃皆上马。遂纵兵击，大破之。绍军大震。公还军官渡。八月，绍连营稍前，依沙塠为屯。公亦分营与相当，合战不利。时公兵不满万，伤者十二三。绍复进临官渡，起土山地道，公亦于内作之以相应。冬十月，绍军大溃，绍弃军走，渡河。追之，不及。乃尽收其辎重、图书、珍宝，虏其众。冀州诸郡多举城邑降者。

④ 塠，古同“堆”。

伤，今日不胜后何望？土山地道不可当，卒胜大捷震冀方。屠城破邑，神武遂章。

## 定武功[①]（前人）

定武功，济黄河。河水汤汤，旦暮有横流波。袁氏欲衰，兄弟寻干戈[②]。决漳水，水流滂沱。嗟城

① 《晋书·乐志》："改《战城南》为《定武功》，言曹公初破邺，武功之定始乎此也。"

② 《资治通鉴》载献帝七年春，曹操复进军官渡。夏五月，袁绍惭愤，发病呕血卒。初，绍有三子：谭、熙、尚。绍后妻刘氏爱尚，绍欲以为后。乃以谭继兄后，出为青州刺史。逢纪、审配素为谭所疾，辛评、郭图皆附于谭，而与配、纪有隙。及绍卒，众以谭长，欲立之。配等恐谭立而评等为害，遂矫绍遗命，奉尚为嗣。谭至，不得立，自称车骑将军，屯黎阳。尚少与之兵，而使纪随之。谭求益兵，配等不与，谭怒杀纪。曹操攻谭，尚自将助之。与操相拒，谭、尚数败。八年春，曹操攻黎阳，谭、尚败走还邺。操留贾信守黎阳而还。谭谓尚曰："今操军退，人怀归志，及其未济，出兵掩之，可令大溃，此策不可失也。"尚疑而不许。谭大怒，攻尚。谭败，引兵还南皮。秋八月，尚攻谭，大破之。谭奔平原，尚围之，急。谭遣辛毗诣操请救。十月，操至黎阳。尚闻操渡河，乃释平原还邺。九年正月，曹操济河。二月，尚复攻谭。审配谏不听，乃留配守邺。四月，操至邺，为土山地道以攻之，又攻绝其粮道。五月，凿堑围城，引漳水以灌之，城中饿死者过半。七月，尚还救邺，破走，营曲漳，操遂围之。尚惧求降，不听。众溃，尚奔中山。配兄子荣开门纳操兵。操乃临祀绍墓，哭之流涕。慰劳绍妻，还其家人宝物。九月，诏以操为冀州牧。

中，如流鱼，谁能复顾室家？计穷虑尽，求来连和。和不时，心中忧戚。贼众内溃，君臣奔北。拔邺城，奄有魏国。王业艰难，览观古今，可为长叹！

## 屠柳城[①]（前人）

屠柳城[②]，功诚难，越度陇塞路漫漫。北逾平冈[③]，但闻悲风正酸。蹋顿授首[④]，遂登白狼山[⑤]。神武

---

① 《晋书·乐志》："改《巫山高》为《屠柳城》，言曹公越北塞，历白檀，破三郡乌桓于柳城也。"《资治通鉴》载献帝十二年夏，曹操击乌桓，破之。乌桓蹋顿，素为袁绍所厚，故袁尚兄弟归之，数入塞为寇，欲助尚复故地。操将击之，先凿平虏、泉州二渠以通运。初，袁绍数遣使召田畴，畴皆拒之。然每忿乌桓多杀其本郡冠盖，意欲讨之，而力未能。至是操遣使辟之，畴即至。随军次无终。时方夏水雨，滨海道不通。畴曰："此道秋夏有水，浅不通车马，深不载舟船，为难久矣。旧北平郡治在平冈，道出庐龙，达于柳城。自建武以来，陷坏断绝，尚有微径。若回军至庐龙口、越白檀之险，出空虚之地，路近而便，掩其不备，蹋顿可不战而禽也。"操令畴将其众为乡导，上徐无山、堑山、堙谷，五百余里，经白檀，历平冈，涉鲜卑庭，东指柳城。未至二百里，虏乃知之。尚、熙与蹋顿等将数万骑逆军。八月，操登白狼山，卒与虏遇，纵兵击之，虏众大溃。斩蹋顿，降者二十余万。尚、熙奔辽东。九月操引还。公孙康诱尚、熙斩之，送其首。

② 柳城，汉县，故城在今辽宁朝阳市。

③ 平冈，故城在今内蒙古宁城县西南。

④ 蹋顿，乌桓王名，丘力居之从子。

⑤ 白狼山，在今辽宁喀左县。

慹海外[1]，永无北顾患。

## 战荥阳[2]（前人）

战荥阳，汴水陂。戎士愤怒，贯甲驰。阵未成，退徐荥。二万骑，堑垒平。戎马伤，六军惊。势不集，众几倾。白日没，时晦冥。顾中牟[3]，心屏营[4]。同盟疑，计无成。赖我武皇，万国宁。

---

① 慹，zhí，恐惧。《汉书·朱博传》："豪强慹服。"

② 《晋书·乐志》："改《思悲翁》为《战荥阳》，言曹公也。"《资治通鉴》载献帝初平元年春正月，关东州郡起兵讨董卓，推袁绍为盟主。董卓在洛阳，袁绍等诸军皆畏其强，莫敢先进。曹操曰："举义兵以诛暴乱，大众已合，诸君何疑！向使董卓倚王室，据旧京，东向以临天下，虽以无道行之，犹足为患。今焚烧宫室，劫迁天子，海内震动，不知所归。此天亡之时也，一战而天下定矣。"遂引兵西，将据成皋。至荥阳汴水，遇卓将徐荣，与战。操兵败，为流矢所中，夜遁去。荣见操所将兵少，力战尽日，谓酸枣未易攻也，亦引兵还。操到酸枣，诸军十余万，日置酒高会，不图进取。操责让之，因为谋画，邈等不能用。操乃募兵扬州，得千余人，还屯河内。顷之，酸枣诸军食尽众散。按，荥阳县故城在今河南郑州市西北。

③ 《三国志·魏书·武帝纪》载卓表太祖（操）为骁骑校尉，欲与计事。太祖乃变易姓名，间行东归。出关过中牟，为亭长所疑，执诣县邑中。或窃识之，为请得解。

④ 屏营，惶恐。

## 挽歌[①]（前人）

生时游国都，死没弃中野。朝发高堂上，暮宿黄泉下[②]。白日入虞渊，悬车息驷马[③]。造化虽神明，安能复存我？形容稍歇灭，齿发行当堕。自古皆有然，谁能离此者？

## 从军行[④]（左延年）

苦哉边地人，一岁三从军。三子到燉煌[⑤]，二子诣陇西。五子远斗去，五妇皆怀身。

---

① 见前《薤露歌》题注。

② 《论衡·薄葬》："亲之生也，坐之高堂之上；其死也，葬之黄泉之下。"

③ 《淮南子·天文训》："日出于旸谷……至于悲泉，爰止其女，爰息其马，是谓悬车。至于虞渊，是谓黄昏。"注："虞渊，地名。"

④ 《从军行》，为相和平调曲之一。辞见《乐府广题》。《古今乐录》："《从军行》，王僧虔云，《荀录》所载左延年《苦哉》一篇，今不传。"《乐府解题》："《从军行》，皆军旅辛苦之辞。"

⑤ 燉煌，亦作"敦煌"，汉置郡，今甘肃敦煌市。

## 短歌行（傅玄）[1]

长安高城，层楼亭亭。干云四起[2]，上贯天庭。蜉蝣何整！行如军征。蟋蟀何感？中夜哀鸣。蚍蜉愉乐，粲粲其荣。寤寐念之，谁知我情？昔君视我，如掌中珠；何意一朝，弃我沟渠！昔君与我，如影如形；何意一去，心如流星！昔君与我，两心相结；何意今日，忽然两绝！

## 明月篇[3]（前人）

皎皎明月光，灼灼朝日晖。昔为春蚕丝，今为秋女衣。丹唇列素齿，翠彩发蛾眉。娇子多好言，欢合易为姿。玉颜盛有时，秀色随年衰。常恐新间旧，变故兴细微。浮萍本无根，非水将何依？忧喜

① 见前《短歌行》题注。校订者按：傅玄，字休奕，晋北地泥阳（今陕西铜川）人。少孤贫，博学善文章，性刚劲耿直。州举秀才，官至司隶校尉。所居称职，数上书陈国策。后因当众责骂谒者及尚书以下，被劾免官。寻卒于家，时年六十二。谥曰“刚”。后追封清泉侯。

② 张衡《西京赋》：“干云雾而上达，状亭亭以苕苕。”注：“亭亭、苕苕，高貌。干，犯也。”

③《明月篇》，为杂曲歌辞之一。

更相接，乐极还自悲。

## 车遥遥篇[①]（前人）

车遥遥兮马洋洋，追思君兮不可忘。君安游兮西入秦，愿为影兮随君身。君在阴兮影不见，君依光兮妾所愿。

## 短歌行（陆机）[②]

置酒高堂，悲歌临觞。人寿几何？逝如朝霜。时无重至，华不再阳。蘋以春晖，兰以秋芳。来日苦短，去日苦长。今我不乐，蟋蟀在房[③]。乐以会兴，悲以别章[④]。岂曰无感？忧为子忘。我酒既旨，我肴既臧。短歌有咏，长夜无荒[⑤]。

---

① 《车遥遥》，亦杂曲歌辞之一。

② 见前《短歌行》题注。陆机，字士衡，晋吴郡人。少有异才，文章冠世。事成都王司马颖，颖起兵，任机为后将军、河北大都督，以谮被诛。

③ 《诗·唐风·蟋蟀》："蟋蟀在堂，岁聿其莫。今我不乐，日月其除。"

④ 言悲因别而章著。

⑤ 无荒，不要虚度。《书·大禹谟》："无怠无荒。"

## 陇西行[①]（前人）

我静如镜[②]，民动如烟。事以形兆，应以象悬。岂曰无才？世鲜兴贤[③]。

## 猛虎行[④]（前人）

渴不饮盗泉水[⑤]，热不息恶木阴[⑥]。恶木岂无枝！志士多苦心。整驾肃时命[⑦]，杖策将远寻。饥食猛虎窟，寒栖野雀林[⑧]。日归功未建，时往岁载阴。崇云临岸骇，鸣条随风吟[⑨]。静言幽谷底，长啸高山岑。急弦无懦响，亮节难为音。人生诚未易，曷云开此

---

① 见前《陇西行》题注。

② 《庄子·天下》："其动若水，其静若镜。"

③ 《周礼》："三年则大比，考其德行道艺，而兴贤者、能者。"注："兴贤者，谓若今举孝廉。"

④ 见前《猛虎行》题注。

⑤ 《孔子家语》：孔子忍渴于盗泉。《尸子》："（孔子）过于盗泉，渴矣而不饮，恶其名也。"按，泉在今山东泗水县东北。县境之泉凡八十七，惟盗泉不流，余皆汇为泗河。

⑥ 江邃引《管子》："夫士怀耿介之心，不荫恶木之枝。"

⑦ 时命，时君之命。

⑧ 古辞《猛虎行》："饥不从猛虎食，暮不从野雀栖。"

⑨ 鸣条，树枝受风而鸣。

衿[①]？眷我耿介怀[②]，俯仰愧古今。

## 塘上行[③]（前人）

江蓠生幽渚[④]，微芳不足宣。被蒙风云会[⑤]，移居华池边。发藻玉台下，垂影沧浪泉[⑥]。沾润既已渥，结根奥且坚[⑦]。四节逝不处[⑧]，繁华难久鲜。淑气与时殒，余芳随风捐。天道有迁易，人理无常全。男欢智倾愚，女爱衰避妍。不惜微躯退，但惧苍蝇前[⑨]。愿君广末光[⑩]，照妾薄暮年。

---

① 衿，同“襟”。开衿，犹言开怀。潘岳《西征赋》：“开襟乎清暑之馆。”

② 耿介，有志节而不与人苟合之意。

③ 见前《塘上行》题注。

④ 江蓠，香草名。

⑤ 风云会，犹言际会。吴质《答魏太子笺》：“臣幸得下愚之才，值风云之会。”

⑥ 沧浪，水清貌。

⑦ 渥，丰厚。奥，深幽。

⑧ 谓四时节序，流逝不居。

⑨ 郑玄《毛诗》笺：“蝇之为虫，污白使黑，污黑使白。喻佞人变乱善恶也。”

⑩ 末光，即余辉。《史记·萧相国世家》：“依日月之末光。”

## 大道曲（谢尚）[①]

青阳二三月[②]，柳青桃复红。车马不相识，音落黄埃中。

## 晋白纻舞歌诗[③]

轻躯徐起何洋洋！高举两手白鹄翔。宛若龙转乍低昂，凝停善睐容仪光。如推若引留且行，随世而变诚无方。舞以尽神安可忘？晋世方昌乐未央。质如轻云色如银，爱之遗谁赠佳人。制以为袍余作巾，袍以光躯巾拂尘。丽服在御会佳宾，醪醴盈樽美且淳。清歌徐舞降祇神，四座欢乐胡

---

① 《大道曲》，为杂曲歌辞之一。《乐府广题》："谢尚为镇西将军，尝着紫罗襦，据胡床，在市中佛国门楼上弹琵琶，作《大道曲》。市人不知是三公也。"谢尚，晋穆帝时人，八岁神悟夙成，曾任豫州刺史。

② 见前《青阳》注。

③ 《宋书·乐志》："《白纻舞》，按舞辞有巾袍之言。纻本吴地所出，疑是吴舞也。晋《俳歌》云：'皎皎白绪，节节为双。'吴音呼'绪'为'纻'，疑白绪即白纻也。"《乐府解题》："古词盛称舞者之美，宜及芳时为乐，其誉白纻曰：'质如轻云色如银，制以为袍余作巾。袍以光躯巾拂尘。'"

可陈！

阳春白日风花香，趋步明玉舞瑶珰。声发金石媚笙簧，罗袿徐转红袖扬。清歌流响绕凤梁，如矜若思凝且翔。转盼遗精艳辉光，将流将引双雁行。欢来何晚意何长，明君御世永歌昌！

## 女儿子[①]

巴东三峡猿鸣悲[②]，夜鸣三声泪沾衣。我欲上蜀蜀水难，蹋蹀珂头腰环环[③]。

## 来罗[④]

郁金黄花标[⑤]，下有同心草。草生日已长，人生日就老。

---

① 此以下四篇皆清商西曲歌。《乐府诗集》："按西曲歌出于荆、郢、樊、邓之间，而其声节送和，与吴歌亦异，故其方俗而谓之西曲云。"《古今乐录》："女儿子，倚歌也。"按，凡倚歌皆用铃鼓，无弦有吹。

② 巴东三峡在古川楚间大江中：一为瞿塘峡，一为巫峡，一为西陵峡。

③ 蹋蹀，顿足，踏地。珂头，马笼头上装饰。——校订者注

④ 《古今乐录》："倚歌也。"

⑤ 郁金，草名，开黄花。标，言草顶开花如插标。

## 作蚕丝[①]

春蚕不应老，昼夜常怀丝。何惜微躯尽，缠绵自有时。

## 安东平[②]

凄凄烈烈，北风为雪。船道不通，步道断绝。

① 《古今乐录》:“《作蚕丝》，倚歌也。”
② 《古今乐录》:“《安东平》，旧舞十六人，梁八人。”

# 古诗

## 讽谏诗（韦孟）[1]

孟为元王傅，傅子夷王及孙王戊。[2]戊荒淫不遵道，作诗讽谏曰：

肃肃我祖，国自豕韦[3]。黼衣朱黻，四牡龙旂[4]。

① 韦孟，汉彭城人，为楚元王傅。

② 楚元王交，字游，高祖同父少弟也。高祖即位，立交为楚王。薨，子郢客嗣，是为夷王。薨，子戊嗣。

③ 豕韦，商时诸侯，刘姓。

④ 黼衣，衣上画为斧形，而白与黑为采。朱黻，上广一尺，下广二尺，长三尺，以皮为之，古者上公服之。四牡，四匹雄马。《诗·小雅·四牡》："四牡骓骓。"

彤弓斯征，抚宁遐荒[①]。总齐群邦，以翼大商。迭彼大彭，勋绩维光[②]。至于有周，历世会同[③]。王赧听谮[④]，实绝我邦。我邦既绝，厥政斯逸[⑤]。赏罚之行，非繇王室[⑥]。庶尹群后[⑦]，靡扶靡卫。五服崩离，宗周以坠[⑧]。我祖斯微，迁于彭城[⑨]。在予小子，勤唉厥生[⑩]。厄此嫚秦，耒耜斯耕[⑪]。悠悠嫚秦，上天不宁。乃眷南顾，授汉于京[⑫]。於赫有汉[⑬]，四方是征。靡适不怀，万国攸平[⑭]。乃命厥

---

① 彤弓，朱漆之弓。《诗·小雅·彤弓》小序："彤弓，天子锡有功诸侯也。"此言受彤弓之赐，于是得专征伐。遐，远。荒，指荒服。

② 迭，交互。《国语·郑语》："大彭、豕韦为商伯。"此言豕韦与大彭互为伯于商。

③ 历世会同，言继为诸侯，参预盟会之事。

④ 王赧，周赧王。《史记·周本纪》："王赧时，东西周分治，王赧徙都西周。"

⑤ 逸，放散。《管子》：令不行谓之放。

⑥ 繇，通"由"。

⑦ 庶尹，指百官。群后，指诸侯。

⑧ 五服，谓甸服、侯服、绥服、要服、荒服。《书·多方》："王来自奄，至于宗周。"注："宗周，镐京也。"坠，失落。

⑨ 彭城，古大彭之地，在今江苏徐州市。

⑩ 唉，叹气声。

⑪ 言遭秦轻侮，无有列位，躬耕于野。

⑫ 高祖起在丰沛，于秦为南，故曰南顾。言以秦之京邑授于汉。

⑬ 於，wū，叹词。赫，明貌。

⑭ 怀，归顺。攸，所。

弟[1]，建侯于楚。俾我小臣，惟傅是辅。矜矜元王，恭俭静一[2]。惠此黎民，纳彼辅弼。享国渐世[3]，垂烈于后。乃及夷王，克奉厥绪。咨命不永，唯王统祀[4]。左右陪臣，斯惟皇士[5]。如何我王，不思守保？不惟履冰[6]，以继祖考。邦事是废，逸游是娱。犬马悠悠[7]，是放是驱。务此鸟兽，忽此稼苗。蒸民以匮，我王以媮[8]。所弘匪德，所亲匪俊。惟囿是恢[9]，惟谀是信。睮睮谄夫，谔谔黄发[10]。如何我王，曾不是察？既藐下臣，追欲纵逸[11]。嫚彼显祖，轻此削黜。嗟嗟我王！汉之睦亲[12]。曾不夙夜，以休令闻。穆穆天子，照临下土。明明群司，执宪靡

---

① 厥弟，谓元王。

② 矜矜，戒慎恭敬之貌。静一，静守一道。

③ 渐世，没世。

④ 夷王立四年薨，戊乃嗣，故曰不永。统祀，继位统宗祀。

⑤ 皇士，美士。

⑥ 惟，思。履冰，谓敬慎如履薄冰之意。

⑦ 悠悠，行貌。

⑧ 蒸民，众民。匮，乏困。媮，同“愉”，愉乐。

⑨ 恢，扩大。

⑩ 睮，yú。睮睮，目媚貌。谔谔，正直貌。黄发，谓年长者。

⑪ 藐，轻视。逸，游乐。

⑫ 睦，密。

顾[①]。正遐由近，殆其兹怙[②]。嗟嗟我王，曷不斯思？匪思匪监，嗣其罔则[③]。弥弥其逸，岌岌其国[④]。致冰匪霜，致坠匪嫚[⑤]？瞻惟我王，时靡不练[⑥]。兴国救颠，孰违悔过[⑦]？追思黄发，秦穆以霸[⑧]。岁月其徂，年其逮耇[⑨]。於赫君子，庶显于后。我王如何，曾不斯览？黄发不近，胡不时鉴？

## 诫子诗（东方朔）[⑩]

明者处世，莫尚于中。优哉游哉[⑪]，于道相从。

---

① 宪，法。靡，无。言群司执天子之法无所顾望。

② 言欲正远人，先从近亲始；而王怙恃汉戚，不自勖慎，以至危殆。

③ 监，同“鉴”。言王不思鉴镜之义，是令后嗣无所法则。

④ 弥弥，渐渐。岌岌，危动貌。

⑤《易》：“履霜，坚冰至。”此言致冰无不先由微霜，致坠无不先由骄慢。

⑥ 时，是，这。练，委弃。言王于上所言之事无不委练。

⑦ 言谁能违离于悔过之途乎。

⑧《书·秦誓》：“询兹黄发，则罔所愆。”此秦穆公语。言秦穆公能追思黄发，则无过错，故得称霸。

⑨ 徂，过去。逮，及。耇，gǒu，老寿。

⑩ 东方朔，汉厌次人，字曼倩，善诙谐滑稽，长于文辞。武帝时，为金马门侍中。

⑪ 优、游，玩物适情之意。《孔子家语》：“优哉游哉，聊以卒岁！”

首阳为拙，柳下为工[①]。饱食安步，以仕代农。依隐玩世，诡时不逢[②]。才尽身危，好名得华。有群累生，孤贵失和。遗余不匮，自尽无多。圣人之道，一龙一蛇[③]。形见神藏，与物变化。随时之宜，无有常家。

## **封禅颂**（司马相如）[④]

自我天覆，云之油油[⑤]。甘露时雨，厥壤可游[⑥]。滋液渗漉[⑦]，何生不育？嘉谷六穗，我穑曷蓄[⑧]？非

---

① 《史记·伯夷列传》载伯夷、叔齐饿死首阳之下。《孟子·万章》："柳下惠，圣之和者也。"

② 诡，违背。言行与时违而不逢祸患。

③ 《庄子·山木》："无誉无訾，一龙一蛇。与时俱化，而无肯专为。一上一下，以和为量。"

④ 《史记·司马相如列传》载长卿病甚，武帝使使往求其书。及至，长卿已卒。其妻曰："长卿未死时，为一卷书，曰：'有使来求书，奏之。'"其遗札书言封禅事。司马相如，汉成都人，字长卿。景帝时为武骑常侍，武帝时召为郎。长于辞赋，所作有《子虚》《上林》《大人》等赋，丰赡富丽，汉魏六朝之文人多仿之。

⑤ 油油，云行貌。

⑥ 甘露、时雨，并祥瑞也。言祥瑞屡降，故可游遨。

⑦ 漉，水下貌。渗，下漉。

⑧ 嘉谷六穗，亦汉时祥瑞。我穑曷蓄，言我稼穑，何等不蓄积乎？

惟雨之，又润泽之。非惟遍之，我泛布濩之[①]。万物熙熙，怀而慕思。名山显位[②]，望君之来。君乎君乎！侯不迈哉[③]？般般之兽[④]，乐我君囿。白质黑章，其仪可嘉。旼旼穆穆[⑤]，君子之态。盖闻其声，今观其来。厥涂靡踪，天瑞之征。兹亦于舜，虞氏以兴[⑥]。濯濯之麟，游彼灵畤[⑦]。孟冬十月，君徂郊祀。驰我君舆，帝用享祉[⑧]。三代之前，盖未尝有。宛宛黄龙，兴德而升[⑨]。采色炫耀，熿炳辉煌。正阳显见[⑩]，觉悟黎蒸。于传载之，云受命所乘。厥之有章，不必谆谆[⑪]。依类托寓，喻以封峦[⑫]。

---

① 泛，广普。濩，hù。布濩，流散。
② 名山，谓泰山。显位，谓封禅之事。
③ 侯，何。迈，行。
④ 般般之兽，谓驺虞。《诗·召南·驺虞》毛传："驺虞，白虎黑文。"
⑤ 旼，mín。旼旼，和貌。穆穆，敬貌。
⑥ 谓虞舜之时亦有此瑞。
⑦ 濯濯，光泽貌。武帝祀五畤，获白麟，故言灵畤。畤，zhì，古代祭天地五帝之处。
⑧ 帝，谓天帝。享祉，言歆享之而答以祉福。
⑨ 谓因有德而升现。
⑩ 阳，明。
⑪ 言天既以祥瑞章明其德，不必谆谆然有语言。
⑫ 寓，寄寓。峦，山峦。言依事类托寄以喻封禅。

## 骨肉缘枝叶（苏武）[①]

骨肉缘枝叶，结交亦相因。四海皆兄弟，谁为行路人？况我连枝树，与子同一身。昔为鸳与鸯，今为参与辰[②]。昔者长相近，邈若胡与秦[③]。惟念当乖离，恩情日以新。鹿鸣思野草，可以喻嘉宾[④]。我有一尊酒，欲以赠远人。愿子留斟酌，叙此平生亲。

## 结发为夫妻（前人）

结发为夫妻，恩爱两不疑。欢娱在今夕，燕婉及良时[⑤]。征夫怀远路，起视夜何其[⑥]。参辰皆已没，去去从此辞。行役在战场，相见未有期。握手一长

---

① 此及以下三首，《文选》题为“古诗四首”，苏子卿作，然后人颇疑非为子卿所作。苏武，字子卿，武帝时使匈奴十九年，归，拜为典属国，病卒。

② 参、辰，二星名，此出彼没，以喻人之不相遇。扬子《法言》：“吾不睹参辰之相比也。”

③ 胡与秦，犹言胡越。胡在北方，越在南方，言相去之远。

④ 《诗·小雅·鹿鸣》：“呦呦鹿鸣，食野之苹。我有嘉宾，鼓瑟吹笙。”

⑤ 燕，安。婉，顺和。《诗·邶风·新台》：“燕婉之求。”

⑥ 其，助词。《诗·小雅·庭燎》：“夜如何其。”

叹，泪为生别滋。努力爱春华[1]，莫忘欢乐时。生当复来归，死当长相思。

## 黄鹄一远别（前人）

黄鹄一远别，千里顾徘徊[2]。胡马失其群，思心常依依[3]。何况双飞龙，羽翼临当乖。幸有弦歌曲，可以喻中怀。请为游子吟，泠泠一何悲[4]！丝竹厉清声[5]，慷慨有余哀。长歌正激烈，中心怆以摧。欲展清商曲，念子不能归。俯仰内伤心，泪下不可挥。愿为双黄鹄，送子俱远飞。

## 烛烛晨明月（前人）

烛烛晨明月，馥馥秋兰芳。芬馨良夜发，随风闻我堂。征夫怀远路，游子恋故乡。寒冬十二月，晨起践严霜。俯观江汉流，仰视浮云翔。良

---

① 春华，喻年少时。

② 《韩诗外传》载田饶谓鲁哀公曰："夫黄鹄一举千里，所恃者六翮耳。"

③ 《韩诗外传》载诗曰："代马依北风，飞鸟巢故枝。"皆不忘本之谓。

④ 泠，líng。泠泠，形容声韵清越。

⑤ 厉，烈，清烈。

友远别离，各在天一方。山海隔中州，相去悠且长。嘉会难再遇，欢乐殊未央。愿君崇令德，随时爱景光。

## 与苏武诗三首（李陵）[①]

良时不再至，离别在须臾。屏营衢路侧[②]，执手野踟蹰。仰视浮云驰，奄忽互相逾。风波一失所[③]，各在天一隅。长当从此别，且复立斯须[④]。欲因晨风发，送子以贱躯。

嘉会难再遇，三载为千秋。临河濯长缨，念子怅悠悠。远望悲风至，对酒不能酬。行人怀往路，何以慰我愁？独有盈觞酒，与子结绸缪[⑤]。

携手上河梁，游子暮何之？徊徘蹊路侧，悢悢不能辞[⑥]。行人难久留，各言长相思。安知非日月，

① 《文选》所载，后人亦疑非李陵作。李陵，见前《别歌》注。

② 屏营，彷徨。

③ 言云遭受风波而失其所。

④ 斯须，犹须臾。

⑤ 绸缪，缠绵之貌。

⑥ 悢，liàng。悢悢，惆怅貌。

弦望自有时[①]。努力崇明德，皓首以为期。

## 宝鼎诗（班固）[②]

岳修贡兮川效珍，吐金景兮歊浮云[③]。宝鼎见兮色纷缊，焕其炳兮被龙文。登祖庙兮享圣神，昭灵德兮弥亿年。

## 翠鸟（蔡邕）[④]

庭陬有若榴[⑤]，绿叶含丹荣。翠鸟时来集，振翼修容形。回顾生碧色，动摇扬缥青[⑥]。幸脱虞人机[⑦]，得亲君子庭。驯心托君素，雌雄保百龄。

---

① 弦，月半。望，月满。

② 为《东都赋》诗之一。《东观汉记》载永平六年，庐江太守献宝鼎，出王洛山。明帝曰："太常其以礿。"祭之日，陈鼎于庙，以备器用。班固，东汉北地人，字孟坚。年九岁能属文，长，遂博览载籍。显宗时，除兰台令史，迁为郎，乃上《两都赋》。大将军窦宪出征匈奴，以固为中护军。宪败，固坐免官，遂死狱中。

③ 歊，xiāo，气上出貌。

④ 蔡邕，字伯喈，东汉陈留圉人。少博学，好辞章、术数、天文，擅音律。后为王允所捕，死狱中。

⑤ 陬，zōu，隅，角落。若榴，《广雅》："若榴，石榴也。"

⑥ 缥，piǎo。缥青，淡青。

⑦ 虞人，古时掌山泽之官。机，发矢的机关。《书·太甲》："若虞机张。"

## 留郡赠妇诗（秦嘉）[①]

人生譬朝露，居世多屯蹇[②]。忧艰常早至，欢会常苦晚。念当奉时役，去尔日遥远。遣车迎子还，空往复空返。省书情凄怆，临食不能饭。独坐空房中，谁与相劝勉？长夜不能眠，伏枕独展转。忧来如循环，匪席不可卷[③]。

皇灵无私亲[④]，为善荷天禄。伤我与尔身，少小罹茕独。既得结大义，欢乐苦不足。念当远别离，思念叙款曲。河广无舟梁，道近隔丘陆。临路怀惆怅，中驾正踯躅。浮云起高山，悲风激深谷。良马不回鞍，轻车不转毂。针药可屡进，愁思难为数[⑤]。贞士笃终始，恩义不可促。

肃肃仆夫征，锵锵扬和铃[⑥]。清晨当引迈，束带

---

① 《玉台新咏·（秦嘉）赠妇诗》序：“秦嘉，字士会，陇西人也。为郡上掾，其妻徐淑，寝疾还家，不获面别，赠诗云尔。”

② 屯蹇，zhūnjiǎn，困厄。

③ 《诗·邶风·柏舟》：“我心匪席，不可卷也。”

④ 皇灵，言上天之灵。

⑤ 数，shuò，频繁。

⑥ 《诗·周颂·载见》：“和铃央央。”毛传：“和在轼前，铃在旂上。”

待鸡鸣。顾看空房中，仿佛想姿形。一别怀万恨，起坐为不宁。何用叙我心？遗思致款诚。宝钗好耀首，明镜可鉴形。芳香去垢秽，素琴有清声。诗人感《木瓜》，乃欲答瑶琼[①]。愧彼赠我厚，惭此往物轻。虽知未足报，贵用叙我情。

## 杂诗（孔融）[②]

远送新行客，岁暮乃来归。入门望爱子，妻妾向人悲。闻子不可见，日已潜光辉。孤坟在西北，常念君来迟。褰裳上墟丘，但见蒿与薇。白骨归黄泉，肌体乘尘飞。生时不识父，死后知我谁。孤魂游穷暮，飘飖安所依？人生图孠息[③]，尔死我念追。俯仰内伤心，不觉泪沾衣。人生自有命，但恨生日希。

---

① 瑶琼，见前《四愁诗》注。

② 孔融，东汉时人，字文举，少有俊才。献帝时为北海相，寻拜大中大夫。值汉室之乱，志在靖难，然才疏意广，迄无成功。后为曹操所忌，被诛。

③ 孠，古“嗣”字。

## 盘中诗（苏伯玉妻）[1]

山树高，鸟鸣悲。泉水深，鲤鱼肥。空仓雀，常苦饥。吏人妇，会夫希。出门望，见白衣。谓当是，而更非。还入门，中心悲。北上堂，西入阶。急机绞，杼声催。长叹息，当语谁。君有行，妾念之。出有日，还无期。结巾带，长相思。君忘妾，未知之。妾忘君，罪当治。妾有行，宜知之。黄者金，白者玉。高者山，下者谷。姓者苏，字伯玉。人才多，知谋足。家居长安身在蜀，何惜马蹄归不数[2]？羊肉千斤酒百斛，令君马肥麦与粟。

今时人，知四足。与其书，不能读。当从中央，周四角。

---

① 《盘中诗》者，回文之属，写之盘中，屈曲成文，故曰“当从中央周四角”也。《四库书目提要·集部·诗纪匡谬》：“苏伯玉妻《盘中诗》，《诗纪》作汉人，固谬。宋本《玉台新咏》列于傅休奕（玄）诗后，不别题‘苏伯玉妻’，乃嘉定间陈玉父刻本偶佚其名。观《沧浪诗话》称‘苏伯玉妻有此体，见《玉台集》’，则严羽所见之本，实题伯玉妻名。”据此，苏伯玉妻当是晋人。

② 数，见《留郡赠妇诗》注。

## 悲愤诗（蔡琰）[1]

汉季失权柄，董卓乱天常。志欲图篡弑，先害诸贤良。逼迫迁旧邦，拥王以自强。海内兴义师，欲共讨不祥[2]。卓众来东下，金甲耀日光。平土人脆弱，来兵皆胡羌[3]。猎野围城邑，所向悉破亡。

斩截无孑遗，尸骸相撑拒。马边悬男头，马后载妇女[4]。长驱西入关[5]，迥路险且阻。还顾邈冥冥，肝脾为烂腐。所略有万计，不得令屯聚。或有骨肉俱，欲言不敢语。失意几微间，辄言毙降虏。要当以亭刃[6]，我曹不活汝。岂敢惜性命，不堪其詈骂。

---

① 蔡琰，字文姬，蔡邕之女。知音律，尝作《胡笳十八拍》。

② 见前魏武帝《薤露》诗注及《蒿里行》题注。

③《后汉书·董卓传》载董卓上书言："所将湟中义从及秦胡兵皆诣臣……牵挽臣车，使不得行。羌胡敝肠狗态，臣不能禁止，辄将顺安慰，增异复上。"

④《后汉书·董卓传》："是时洛中贵戚室第相望，金帛财产，家家殷积。卓纵放兵士，突其庐舍，淫略妇女，剽虏资物，谓之'搜牢'。人情崩恐，不保朝夕。……卓尝遣军至阳城，时人会于社下，悉令就斩之，驾其车重，载其妇女，以头系车辕，歌呼而还。"

⑤《后汉书·董卓传》："于是尽徙洛阳人数百万口于长安，步骑驱蹙，更相蹈藉，饥饿寇略，积尸盈路。"

⑥ 亭，通"停"。亭刃，犹言置刃，谓杀之。

或便加棰仗，毒痛参并下[①]。旦则号泣行，夜则悲吟坐。欲死不能得，欲生无一可。彼苍者何辜，乃遭此厄祸[②]。

边荒与华异，人俗少义理。处所多霜雪，胡风春夏起。翩翩吹我衣，肃肃入我耳。感时念父母，哀叹无终已。有客从外来，闻之常欢喜。迎问其消息，辄复非乡里。邂逅徼时愿，骨肉来迎己。己得自解免，当复弃儿子。天属缀人心[③]，念别无会期。存亡永乖隔，不忍与之辞。儿前抱我颈，问母欲何之。“人言母当去，岂复有还时？阿母常仁恻，今何更不慈？我尚未成人，奈何不顾思！”见此崩五内[④]，恍惚生狂痴。号呼手抚摩，当发复回疑。兼有同时辈，相送告别离。慕我独得归，哀叫声摧裂。马为立踟蹰，车为不转辙。观者皆歔欷，行路亦鸣咽。

去去割情恋，遄征日遐迈。悠悠三千里，何时

---

① 参并下，犹言交下。

② 厄，困厄。

③ 《庄子·山木》：“弃千金之璧，负赤子而趋，何也？林回曰：‘彼以利合，此以天属也。’”天属，即天性所属之意。缀，系连。

④ 五内，五脏。

复交会？念我出腹子，胸臆为摧败。既至家人尽，又复无中外。城郭为山林，庭宇生荆艾。白骨不知谁，从横莫覆盖。出门无人声，豺狼嗥且吠。茕茕对孤景，怛咤靡肝肺[①]。登高远眺望，魂神忽飞逝。奄若寿命尽，傍人相宽大。为复强视息，虽生何聊赖？托命于新人，竭心自勖励。流离成鄙贱，常恐复捐废。人生几何时，怀忧终年岁。

## 古诗十九首（无名氏）[②]

行行重行行，与君生别离。相去万余里，各在天一涯。道路阻且长，会面安可知？胡马依北风，越鸟巢南枝[③]。相去日已远，衣带日已缓[④]。浮云蔽白

---

① 怛，dá，悲惨。咤，惊诧。

② 李善曰："并云'古诗'，盖不知作者，或云枚乘，疑不能明也。诗云'驱车上东门'，又云'游戏宛与洛'，此则辞兼东都，非尽是乘，明矣。"叶树藩曰："十九首，《玉台（新咏）》以中数章为枚乘作。《文心雕龙》以《孤竹》一篇为傅毅之词。王元美谓中间杂有枚乘，或张衡、蔡邕作未可知。愚以为大抵皆孤臣、思妇、友朋、契阔、死生、新故之感，非一时作，亦非一人作；当从昭明太子萧统名以古诗为允，正不必一一实其人也。"

③ 见《黄鹄一远别》注。

④ 参看前《古歌》注。

日，游子不顾返。思君令人老，岁月忽已晚。弃捐勿复道，努力加餐饭。

青青河畔草，郁郁园中柳。盈盈楼上女，皎皎当窗牖。娥娥红粉妆，纤纤出素手。昔为倡家女，今为荡子妇。荡子行不归，空床难独守。

青青陵上柏，磊磊涧中石[①]。人生天地间，忽如远行客。斗酒相娱乐，聊厚不为薄。驱车策驽马，游戏宛与洛[②]。洛中何郁郁！冠带自相索[③]。长衢罗夹巷，王侯多第宅。两宫遥相望[④]，双阙百余尺。极宴娱心意，戚戚何所迫？

今日良宴会，欢乐难具陈。弹筝奋逸响，新声妙入神。令德唱高言，识曲听其真。齐心同所愿，含意俱未申。人生寄一世，奄忽若飙尘。何不策高足，先据要路津？无为守穷贱，轗轲长苦辛[⑤]。

西北有高楼，上与浮云齐。交疏结绮窗[⑥]，阿阁

---

① 磊磊，石众貌。
② 《汉书·地理志》载南阳郡有宛县，今属河南南阳市。洛，汉东都。
③ 相索，相访求。
④ 《文选》李善注引蔡质《汉官典职》：“南宫北宫，相去七里。”
⑤ 轗轲，坎坷，指仕人不遇。
⑥ 疏，刻穿。绮，有花纹的丝织品。

三重阶①。上有弦歌声，音响一何悲！谁能为此曲，无乃杞梁妻？清商随风发，中曲正徘徊。一弹再三叹，慷慨有余哀。不惜歌者苦，但伤知音稀。愿为双黄鹄，奋翅起高飞。

涉江采芙蓉，兰泽多芳草。采之欲遗谁？所思在远道②。还顾望旧乡，长路漫浩浩。同心而离居，忧伤以终老。

明月皎夜光，促织鸣东壁。玉衡指孟冬③，众星何历历！白露沾野草，时节忽复易。秋蝉鸣树间，玄鸟逝安适④。昔我同门友，高举振六翮⑤。不念携手好，弃我如遗迹⑥。南箕北有斗，牵牛不负轭⑦。良无磐石固，虚名复何益？

---

① 阿阁，有四阿之阁；四阿，若今四注者。

② 《楚辞·九歌·山鬼》："折芳馨兮遗所思。"

③ 《春秋运斗枢》："北斗七星，第五曰玉衡。"

④ 《礼记·月令》："仲秋之月……玄鸟归。"注："玄鸟，燕也。"

⑤ 见前《黄鹄一远别》注。

⑥ 《诗·邶风·北风》："惠而好我，携手同车。"《国语·楚语》："（楚灵王）不顾于民，一国弃之如遗迹焉。"

⑦ 《诗·小雅·大东》："维南有箕，不可以簸扬。维北有斗，不可以挹酒浆。""睆彼牵牛，不以服箱。"言有名而无实。箕、斗、牵牛，皆星名。

冉冉孤生竹，结根泰山阿。与君为新婚，兔丝附女萝。兔丝生有时，夫妇会有宜。千里远结婚，悠悠隔山陂。思君令人老，轩车来何迟！伤彼蕙兰花，含英扬光辉。过时而不采，将随秋草萎。君亮执高节[①]，贱妾亦何为？

庭中有奇树，绿叶发华滋。攀条折其荣，将以遗所思。馨香盈怀袖，路远莫致之。此物何足贵，但感别经时。

迢迢牵牛星，皎皎河汉女[②]。纤纤擢素手，札札弄机杼。终日不成章[③]，泣涕零如雨。河汉清且浅，相去复几许？盈盈一水间，脉脉不得语[④]。

回车驾言迈[⑤]，悠悠涉长道。四顾何茫茫！东风摇百草。所遇无故物，焉得不速老？盛衰各有时，立身苦不早。人生非金石，岂能长寿考？奄忽随物化，荣名以为宝。

---

① 亮，守信。

② 河汉，天河。河汉女，谓织女，亦星名。

③ 《诗·小雅·大东》："维天有汉，监亦有光。跂彼织女，终日七襄。虽则七襄，不成报章。"

④ 脉脉，相视貌。

⑤ 《诗·邶风·泉水》："驾言出游。"校订者按：言，助词。

东城高且长，逶迤自相属[①]。回风动地起，秋草萋以绿。四时更变化，岁暮一何速！晨风怀苦心[②]，蟋蟀伤局促[③]。荡涤放情志，何为自结束？燕赵多佳人，美者颜如玉。被服罗裳衣，当户理清曲。音响一何悲！弦急知柱促。驰情整巾带，沉吟聊踯躅。思为双飞燕，衔泥巢君屋。

驱车上东门，遥望郭北墓。白杨何萧萧！松柏夹广路。下有陈死人，杳杳即长暮。潜寐黄泉下，千载永不寤。浩浩阴阳移，年命如朝露。人生忽如寄，寿无金石固。万岁更相送，贤圣莫能度。服食求神仙，多为药所误。不如饮美酒，被服纨与素。

去者日以疏，来者日以亲。出郭门直视，但见丘与坟。古墓犁为田，松柏摧为薪。白杨多悲风，萧萧愁杀人。思还故里闾，欲归道无因。

生年不满百，常怀千岁忧。昼短苦夜长，何不秉烛游？为乐当及时，何能待来兹？愚者爱惜费，

---

① 逶迤，弯曲延绵貌。

② 《诗·秦风·晨风》："鴥彼晨风，郁彼北林。未见君子，忧心钦钦。"

③ 《诗序》：《蟋蟀》，刺晋僖公俭不中礼。

但为后世嗤。仙人王子乔①，难可与等期。

凛凛岁云暮，蝼蛄夕鸣悲。凉风率已厉，游子寒无衣。锦衾遗洛浦，同袍与我违。独宿累长夜，梦想见容辉。良人惟古欢，枉驾惠前绥②。愿得长巧笑，携手同车归。既来不须臾，又不处重闱。亮无晨风翼，焉能凌风飞？盼睐以适意，引领遥相睎。徙倚怀感伤，垂涕沾双扉。

孟冬寒气至，悲风何惨慄！愁多知夜长，仰观众星列。三五明月满，四五蟾兔缺。客从远方来，遗我一书札。上言长相思，下言久离别。置书怀袖中，三岁字不灭。一心抱区区，惧君不识察。

客从远方来，遗我一端绮。相去万余里，故人心尚尔。文彩双鸳鸯，裁为合欢被。著以长相思，缘以结不解③。以胶投漆中，谁能别离此？

明月何皎皎！照我罗床帏。忧愁不能寐，揽衣起徘徊。客行虽云乐，不如早旋归。出户独彷徨，

---

① 王子乔，见前《善哉行》注。

② 惟，念。古欢，旧欢。绥，揽以上车之索。《礼记·昏义》："降出御妇车，而婿受绥。"

③ 著，谓充之以絮。缘，饰边。

愁思当告谁？引领还入房，泪下沾裳衣。

## 拟苏李诗（无名氏）

晨风鸣北林[1]，熠熠东南飞[2]。愿言所相思，日暮不垂帷。明月照高楼，想见余光辉。玄鸟夜过庭[3]，仿佛能复飞。褰裳路踟蹰，彷徨不能归。浮云日千里，安知我心悲？思得琼树枝，以解长渴饥。凤皇鸣高冈[4]，有翼不好飞。安知凤皇德，贵其来见稀？

红尘蔽天地，白日何冥冥！微阴盛杀气，凄风从此兴。招摇西北指[5]，天汉东南倾。嗟尔穹庐子[6]，独行如履冰。短褐中无绪，带断续以绳。泄水置瓶中，焉辨淄与渑[7]？巢父不洗耳[8]，后世有何称？

---

① 晨风，鸟名。《诗·秦风·晨风》：“鴥彼晨风，郁彼北林。”

② 熠，yù。熠熠，鲜明貌。

③ 玄鸟，指燕。

④ 《诗·大雅·卷阿》：“凤皇鸣矣，于彼高冈。”

⑤ 招摇，星名，在北斗杓端。

⑥ 穹庐，毡帐。《史记·匈奴列传》：“匈奴父子乃同穹庐而卧。”

⑦ 《列子·仲尼》：“口将爽者，先辨淄渑。”淄、渑，二水名，皆在山东。二水异味，合则难辨，古称易牙能辨之。

⑧ 《高士传》载尧聘许由为九州长，由不赴，洗耳于河。巢父见而问其故，乃曰：“吾欲饮牛，污吾牛口。”遂牵牛上流饮之。

## 上山采蘼芜（无名氏）

上山采蘼芜[①]，下山逢故夫。长跪问故夫：新人复何如？新人虽言好，未若故人姝。颜色类相似，手爪不相如。新人从门入，故人从阁去。新人工织缣，故人工织素[②]。织缣日一匹，织素五丈余。将缣来比素，新人不如故。

## 悲与亲友别（无名氏）

悲与亲友别，气结不能言。赠子以自爱，道远会见难。人生无几时，颠沛在其间[③]。念子弃我去，新心有所欢。结志青云上，何时复来还？

## 橘柚垂华实（无名氏）

橘柚垂华实，乃在深山侧。闻君好我甘，窃独自雕饰。委身玉盘中，历年冀见食。芳菲不相投，青黄忽改色。人傥欲我知，因君为羽翼。

---

① 蘼芜，一名江蓠，多年生草，野生，开白花，有清香。

② 缣，绢色微黄者。素，绢洁白者。

③ 颠沛，人事挫折。

## 十五从军征（无名氏）

十五从军征，八十始得归。道逢乡里人，家中有阿谁？遥望是君家，松柏冢累累。兔从狗窦入，雉从梁上飞。中庭生旅谷，井上生旅葵[①]。烹谷持作饭，采葵持作羹。羹饭一时熟，不知贻阿谁。出门东向望，泪落沾我衣。

## 新树兰蕙葩（无名氏）

新树兰蕙葩，杂用杜蘅草[②]。终朝采其华，日暮不盈抱。采之欲遗谁？所思在远道。馨香易销歇，繁华会枯槁[③]。怅望何所言，临风送怀抱。

## 步出城东门（无名氏）

步出城东门，遥望江南路。前日风雪中，故人从此去。我欲渡河水，河水深无梁。愿为双黄鹄，

---

① 旅，野生。葵，蔬类植物。旅谷、旅葵，谓不播种而生者。《后汉书·光武帝纪》："至是野谷旅生。"

② 葩，花。杜蘅，香草名，开紫花。《楚辞·离骚》："杂杜蘅与芳芷。"

③ 会，当。

高飞还故乡。

## 采葵莫伤根（无名氏）

采葵莫伤根，伤根葵不生。结交莫羞贫，羞贫友不成。

## 甘瓜抱苦蒂（无名氏）

甘瓜抱苦蒂，美枣生荆棘。利傍有倚刀，贪人还自贼。

## 藁砧今何在（无名氏）

藁砧今何在[①]？山上复有山。何当大刀头？破镜飞上天[②]。

## 菟丝从长风（无名氏）

菟丝从长风，根茎无断绝。无情尚不离，有情

---

① 藁砧，鈇也，斩草之具，犹今之铡刀。“鈇”与“夫”同音，故借作隐语以指夫。

② 《诗话统论》：“藁砧，砆也，喻夫。山上有山，出也。大刀头，上镮也。破镜，言半月当还也。盖用诗为隐语，后亦有仿其体为诗者。”按，“何当”即“何时当”之义，诗中常用之。

安可别？

## 古歌（无名氏）

高田种小麦，终久不成穗。男儿在他乡，焉得不憔悴？

## 观沧海（魏武帝）[①]

东临碣石[②]，以观沧海。水何澹澹！山岛竦峙。树木丛生，百草丰茂。秋风萧瑟，洪波涌起。日月之行，若出其中。星汉灿烂，若出其里。幸甚至哉！歌以咏志。

## 土不同（前人）

乡土不同，河朔隆寒[③]。流澌浮漂[④]，舟船行难。锥不入地，蘴藾深奥[⑤]。水竭不流，冰坚可蹈。士隐

---

① 魏武帝，见前《短歌行》题注。

② 《书·禹贡》："夹右碣石，入于河。"传："碣石，海畔山。"

③ 河朔，谓黄河以北之地。隆寒，严寒。

④ 应劭《风俗通》："冰流曰澌，冰解曰泮。"《后汉书·王霸传》："（光武）及至虖沱河，候吏还白：河水流澌，无船不可济。"浮漂，谓流冰浮漂。

⑤ 蘴，fēng，即荛，草薪。藾，萧，蒿类。

者贫，勇侠轻非。心常叹怨，戚戚多悲。幸甚至哉！歌以咏志。

## 龟虽寿（前人）

神龟虽寿，犹有竟时。腾蛇成雾[①]，终为土灰。老骥伏枥，志在千里。烈士暮年，壮心不已。盈缩之期[②]，不独在天。养怡之福，可得永年。幸甚至哉！歌以咏志。

## 杂诗（魏文帝）[③]

漫漫秋夜长，烈烈北风凉。展转不能寐，披衣起彷徨。彷徨忽已久，白露沾我裳。俯视清水波，仰看明月光。天汉回西流，三五正纵横[④]。草虫鸣何悲！孤雁独南翔。郁郁多悲思，绵绵思故乡。愿飞安得翼？欲济河无梁。向风长叹息，断绝我中肠。

---

① 腾蛇，本作“螣蛇”。《尔雅》：“螣，螣蛇。”注：“龙类也。能兴云雾，而游其中。”

② 盈缩，同“赢缩”。《史记·天官书》：“其（岁星）趋舍而前曰赢，退舍曰缩。”

③ 魏文帝，见前《短歌行》题注。

④ 三五，谓星辰。《诗·召南·小星》：“嘒彼小星，三五在东。”

西北有浮云，亭亭如车盖。惜哉时不遇，适与飘风会。吹我东南行，行行至吴会[①]。吴会非我乡，安得久留滞？弃置忽复陈，客子常畏人。

## 至广陵于马上作（前人）[②]

观兵临江水，水流何汤汤！戈矛成山林，玄甲耀日光。猛将怀暴怒，胆气正纵横。谁云江水广？一苇可以航[③]。不战屈敌卤[④]，戢兵称贤良。古公宅岐邑，实始翦殷商[⑤]。孟献营虎牢，郑人惧稽颡[⑥]。充国

① 吴会，即西汉会稽郡，东汉分吴及会稽为二郡，此连称之也。郡治即今江苏苏州市吴中区。

② 《三国志·魏书·文帝纪》：“（黄初六年）冬十月，行幸广陵故城，临江观兵，戎卒十余万，旌旗数百里。”广陵故城在今江苏扬州市江都区。

③ 《诗·卫风·河广》：“谁谓河广？一苇杭之。”杭，古同“航”。

④ 敌卤，同“敌虏”。

⑤ 《史记·周本纪》：“公叔祖类卒，子古公亶父立。……薰育戎狄攻之，……民皆怒，欲战。古公曰：‘……杀人父子而君之，予不忍为。’乃与私属遂去豳，……止于岐下。豳人举国扶老携弱，尽复归古公于岐下。”翦，消灭。

⑥ 《左传·襄公二年》：“秋，七月……会于戚，谋郑故也。孟献子曰：‘请城虎牢以逼郑。’……冬，……遂城虎牢，郑人乃成。”孟献子，晋大夫。虎牢，郑旧邑。校订者按：稽，qǐ。稽颡，跪拜。

务耕殖，先零自破亡[①]。兴农淮泗间，筑室都徐方[②]。量宜运权略，六军咸悦康。岂如《东山》诗，悠悠多忧伤[③]？

## 朔风诗（曹植）[④]

仰彼朔风，用怀魏都。愿骋代马，倏忽北徂。凯风永至，思彼蛮方。愿随越鸟，翻飞南翔[⑤]。四气代谢，悬景运周。别如俯仰，脱若三秋。昔我初迁，朱华未希。今我旋止，素雪云飞[⑥]。俯降千仞，仰登天阻[⑦]。风飘蓬飞，载离寒暑。千仞易陟，天阻可越。昔我同袍，今永乖别。子好芳草，岂忘尔贻？繁华将茂，秋霜悴之[⑧]。君不垂眷，岂云其诚？

---

① 赵充国，汉上邽人。宣帝时，羌人叛，充国年已七十余，驰至金城，奏屯田策，言“羌虏易以计破，难用兵碎”，请罢骑兵万人留田。宣帝从其策，即破诸羌。（详见《汉书·赵充国传》）零，lián。先零，为诸羌之一种。

② 徐方，谓徐州之地。《诗·大雅·常武》：“徐方既同，天子之功。”

③ 见前《苦寒行》注。

④ 曹植，见前《鰕䱇篇》题注。

⑤ 代马、越鸟，见前《黄鹄一远别》注。凯风，南风。

⑥《诗·小雅·采薇》：“昔我往矣，杨柳依依。今我来思，雨雪霏霏。”

⑦ 天阻，指山。

⑧ 悴，cuì，伤。

秋兰可喻，桂树冬荣。弦歌荡思，谁与消忧？临川暮思，何为泛舟？岂无和乐，游非我邻。谁忘泛舟？愧无榜人。

## 赠徐干[①]（前人）

惊风飘白日，忽然归西山。圆景光未满[②]，众星粲以繁。志士营世业，小人亦不闲。聊且夜行游，游彼双阙间。文昌郁云兴，迎风高中天[③]。春鸠鸣飞栋，流猋激棂轩[④]。顾念蓬室士[⑤]，贫贱诚足怜。薇藿弗充虚，皮褐犹不全[⑥]。慷慨有悲心，兴文自成篇。宝弃怨何人？和氏有其愆[⑦]。弹冠俟知己[⑧]，知己谁不然？良田无晚岁，膏泽多丰年。亮怀璠玙美，积久

① 徐干，字伟长，北海人，与陈琳、应玚、刘桢等并相友善，为“建安七子”之一。

② 景，同“影”。圆景，指月亮。

③ 文昌、迎风，即二阙名。中天，台名，周穆王所筑，见《列子》。

④ 猋，同“飙”，暴风。棂，窗间。

⑤ 蓬室士，谓徐干。

⑥ 充虚，充饥。《淮南子·齐俗训》：贫人冬则羊裘短褐。

⑦ 宝，以喻干。和氏，楚人识玉者，以喻知己。

⑧ 《汉书·王吉传》：“王阳在位，贡公弹冠。”言整洁其冠，将出而仕。

德愈宣。亲交义在敦[①]，申章复何言？

## 赠丁仪[②]（前人）

初秋凉气发，庭树微销落。凝霜依玉除[③]，清风飘飞阁。朝云不归山，霖雨成川泽。黍稷委畴陇，农夫安所获？在贵多忘贱，为恩谁能博？狐白足御冬[④]，焉念无衣客。思慕延陵子，宝剑非所惜[⑤]。子其宁尔心，亲交义不薄。

## 又赠丁仪王粲一首[⑥]（前人）

从军度函谷，驱马过西京[⑦]。山岑高无极，泾渭扬浊清[⑧]。壮哉帝王居！佳丽殊百城。员阙出浮

① 敦，敦厚。
② 一云“赠丁翼”。《魏略》载丁仪，字正礼，太祖辟仪为掾。
③ 玉除，指台阶。
④ 狐白，谓集狐腋白毛而成之裘。
⑤ 见前《徐人歌》题注。
⑥ 一云“答丁敬礼王仲宣”。粲字仲宣，高平人，博物多识，问无不知。仕魏，累官侍中，为“建安七子”之一。
⑦ 从军，即武帝征张鲁之役，事在建安二十年。函谷，关名，在今河南灵宝市境。
⑧ 泾、渭，二水名，在关中，泾清渭浊。

云，承露概泰清[①]。皇佐扬天惠[②]，四海无交兵。权家虽爱胜，全国为令名[③]。君子在末位[④]，不能歌德声。丁生怨在朝，王子欢自营。欢怨非贞则，中和诚可经[⑤]。

## 赠白马王彪[⑥]（前人）

序曰：黄初四年正月，白马王、任城王与余俱朝京师，会节气。到洛阳，任城王薨。至七月，与白马王还国。后有司以二王归藩，道路宜异宿止，意毒恨之。盖以大别在数日，是用自剖，与王辞焉，愤而成篇。

① 圆阙，宫殿之圆顶。承露，承露盘。概，摩。泰清，指天。
② 皇佐，谓魏太祖曹操。
③ 权家，兵家。《孙子·谋攻》：“用兵之法，全国为上，破国次之。”
④ 君子，谓丁、王。
⑤ 言欢怨虽殊，俱非忠贞之职；惟有中和乐职，诚可为经。
⑥ 《三国志·魏书·楚王彪传》载楚王彪，字朱虎，武帝子也。初封白马王，后徙封楚。

谒帝承明庐[①]，逝将归旧疆[②]。清晨发皇邑，日夕过首阳[③]。伊洛广且深，欲济川无梁。泛舟越洪涛，怨彼东路长。顾瞻恋城阙，引领情内伤。太谷何寥廓[④]，山树郁苍苍。霖雨泥我涂，流潦浩纵横[⑤]。中逵绝无轨，改辙登高冈。修坂造云日，我马玄以黄[⑥]。

玄黄犹能进，我思郁以纡[⑦]。郁纡将何念，亲爱在离居。本图相与偕，中更不克俱。鸱枭鸣衡轭，豺狼当路衢。苍蝇间白黑[⑧]，谗巧令亲疏。欲还绝无蹊，揽辔止踟蹰。

踟蹰亦何留？相思无终极。秋风发微凉，寒蝉鸣我侧。原野何萧条！白日忽西匿。归鸟赴高林，

① 陆机《洛阳记》："承明门，后宫出入之门。吾常怪'谒帝承明庐'，问张公，云：魏明帝作建始殿，朝会皆由承明门。"

② 旧疆，谓鄄城。时植虽封雍丘，仍居鄄城。鄄城故城在今山东鄄城县。

③ 首阳山，见前《采薇歌》注。

④ 太谷，在洛阳西南。

⑤ 涂，通"途"。《三国志·魏书·文帝纪》："（黄初四年七月）大雨，伊洛溢流。"

⑥ 修坂，长坡。造云日，极言高。《诗·周南·卷耳》："陟彼高冈，我马玄黄。"毛传："玄马病则黄。"

⑦ 郁，愁郁。纡，yū，屈。

⑧ 见前陆机《塘上行》注。

翩翩厉羽翼[①]。孤兽走索群，衔草不遑食。感物伤我怀，抚心长太息。

太息将何为？天命与我违。奈何念同生[②]，一往形不归！孤魂翔故域，灵柩寄京师。存者忽复过，亡没身自衰。人生处一世，去若朝露晞[③]。年在桑榆间[④]，影响不能追。自顾非金石，咄唶令心悲[⑤]。

心悲动我神，弃置莫复陈。丈夫志四海，万里犹比邻。恩爱苟不亏，在远分日亲[⑥]。何必同衾帱[⑦]，然后展殷勤？忧思成疾疢[⑧]，无乃儿女仁。仓卒骨肉情，能不怀苦辛？

苦辛何虑思？天命信可疑。虚无求列仙，松子久吾欺[⑨]。变故在斯须，百年谁能持？离别永无会，执手将何时？王其爱玉体，俱享黄发期。收泪即长

① 厉，疾貌。
② 植与任城王彰为同胞，皆武帝卞皇后所生。
③ 见前《薤露歌》注。
④ 日在桑榆，以喻人之衰老。
⑤ 咄，叱。唶，jiè，大呼。
⑥ 分，fèn，情志。
⑦ 帱，chóu，床帐。
⑧ 疢，chèn，热病。
⑨ 王充《论衡·无形篇》：“赤松、王乔，好道为仙，度世不死，是又虚也。”

路[①]，援笔从此辞。

## 赠王粲[②]（前人）

端坐苦愁思，揽衣起西游。树木发春华，清池激长流。中有孤鸳鸯[③]，哀鸣求匹俦。我愿执此鸟，惜哉无轻舟。欲归忘故道，顾望但怀愁。悲风鸣我侧，羲和逝不留[④]。重阴润万物[⑤]，何惧泽不周？谁令君多念，自使怀百忧。

## 送应氏诗二首[⑥]（前人）

步登北邙坂[⑦]，遥望洛阳山。洛阳何寂寞，宫室尽烧焚。垣墙皆顿擗[⑧]，荆棘上参天。不见旧耆老，但睹新少年。侧足无行径，荒畴不复田。游子久不归，不识陌与阡。中野何萧条，千里无人烟。念我

① 即，就。
② 见前《又赠丁仪王粲一首》题注。
③ 孤鸳鸯，喻粲。
④ 羲和，代指太阳。
⑤ 重阴，喻太祖。
⑥ 应氏，当是应玚。见前《赠徐干》题注。
⑦ 北邙，见前《五噫歌》注。
⑧ 擗，pǐ。顿擗，犹言断折。

平生亲，气结不能言。

清时难屡得，嘉会不可常。天地无终极，人命若朝霜。愿得展嬿婉，我友之朔方。亲昵并集送，置酒此河阳。中馈岂独薄？宾饮不尽觞。爱至望苦深，岂不愧中肠？山川阻且远，别促会日长。愿为比翼鸟，施翮起高翔。

## 杂诗（前人）

高台多悲风，朝日照北林。之子在万里，江湖迥且深。方舟安可极[①]？离思故难任。孤雁飞南游，过庭长哀吟。翘思慕远人[②]，愿欲托遗音。形影忽不见，翩翩伤我心。

转蓬离本根，飘飖随长风。何意回飙举，吹我入云中。高高上无极，天路安可穷？类此游客子，捐躯远从戎。毛褐不掩形，薇藿常不充。去去莫复道，沉忧令人老。

南国有佳人[③]，容华若桃李。朝游江北岸，夕宿

---

① 《尔雅》："大夫方舟。"郭璞注："并两船也。"极，至。

② 翘，犹悬也。翘思，悬想。

③ 南国，谓江南。

潇湘沚。时俗薄朱颜，谁为发皓齿？俯仰岁将暮，荣耀难久恃。

揽衣出中闺，逍遥步两楹。闲房何寂寞！绿草被阶庭。空室自生风，百鸟翻南征。春思安可忘！忧戚与我并。佳人在远道，妾身单且茕。欢会难再遇，芝兰不重荣。人皆弃旧爱，君岂若平生？寄松为女萝，依水如浮萍。赍身奉衿带，朝夕不堕倾。傥终顾盼恩，永副我中情。

仆夫早严驾[①]，吾将远行游。远游欲何之？吴国为我仇[②]。将骋万里涂，东路安足由？江介多悲风[③]，淮泗驰急流。愿欲一轻济，惜哉无方舟。闲居非吾志，甘心赴国忧。

## 七哀诗[④]（前人）

明月照高楼，流光正徘徊。上有愁思妇，悲叹

---

① 《楚辞·九思·逢尤》："严载驾兮出戏游。"严，整饬。

② 《说苑》载楚王谓淳于髡曰："吾有仇在吴国，子宁能为我报之乎？"

③ 江介，江畔。《文选》李善注引《楚辞》："哀江介之悲风。"

④ 《文选》吕向注："七哀谓痛而哀，义而哀，感而哀，怨而哀，耳目闻见而哀，口叹而哀，鼻酸而哀也。"

有余哀。借问叹者谁？言是宕子妻。君行逾十年，孤妾常独栖。君若清路尘，妾若浊水泥。浮沉各异势，会合何时谐？愿为西南风，长逝入君怀。君怀良不开，贱妾当何依？

## 情诗（前人）

微阴翳阳景，清风飘我衣。游鱼潜绿水，翔鸟薄天飞[①]。眇眇客行士，遥役不得归。始出严霜结，今来白露晞。游子叹《黍离》，处者歌《式微》[②]。慷慨对嘉宾，凄怆内伤悲。

## 七步诗[③]（前人）

煮豆持作羹，漉豉以为汁。萁在釜中然[④]，豆在釜中泣。本自同根生，相煎何太急？

---

① 薄，迫近。

② 《诗·王风·黍离》："彼黍离离，彼稷之苗。行迈靡靡，中心摇摇。"又《邶风·式微》："式微式微，胡不归？"

③ 魏文帝尝令其弟植七步中作诗，如不成，行大法。植应声便为诗曰（云云）。盖帝待植无恩，故以豆萁喻兄弟以为讽也。（见《世说新语》）

④ 萁，豆茎。然，通"燃"，烧。

## 赠蔡子笃诗（王粲）[1]

翼翼飞鸾，载飞载东。我友云徂，言戾旧邦[2]。舫舟翩翩[3]，以溯大江。蔚矣荒涂，时行靡通。慨我怀慕，君子所同。悠悠世路，乱离多阻。济岱江衡[4]，邈焉异处。风流云散，一别如雨。人生实难，愿其弗与。瞻望遐路，允企伊伫。烈烈冬日，肃肃凄风。潜鳞在渊，归雁载轩[5]。苟非鸿雕，孰能飞翻？虽则追慕，予思罔宣。瞻望东路，惨怆增叹。率彼江流，爰逝靡期。君子信誓，不迁于时。及子同寮，生死固之。何以赠行？言授斯诗。中心孔悼，涕泪涟洏[6]。嗟尔君子，如何勿思[7]！

---

① 蔡子笃，名睦，为魏尚书。（见《晋百官名》）王粲，字仲宣，为“建安七子”之一。参看《又赠丁仪王粲一首》题注。

② 戾，至，到达。

③ 舫舟，同“方舟”。

④ 济水，岱山近兖州，子笃所往；大江、衡山近荆州，仲宣所居。按，衡，《文选》作“行”，今依《艺文类聚》改。

⑤ 轩，飞貌。

⑥ 涟洏，泪流状。

⑦《诗·王风·君子于役》：“君子于役，如之何勿思？”

## 七哀诗（前人）

西京乱无象，豺虎方遘患。复弃中国去，委身适荆蛮。亲戚对我悲，朋友相追攀。出门无所见，白骨蔽平原。路有饥妇人，抱子弃草间。顾闻号泣声，挥涕独不还①。“未知身死处，何能两相完②？”驱马弃之去，不忍听此言。南登霸陵岸③，回首望长安。悟彼下泉人，喟然伤心肝。

荆蛮非吾乡，何为久滞淫④？方舟溯大江，日暮愁我心。山冈有余映，岩阿增重阴。狐狸驰赴穴，飞鸟翔故林。流波激清响，猴猿临岸吟。迅风拂裳袂，白露沾衣襟。独夜不能寐，摄衣起抚琴。丝桐感人情⑤，为我发悲音。羁旅无终极，忧思壮难任。

边城使心悲，昔我亲更之。冰雪截肌肤，风

---

① 言回顾虽闻其子号泣之声，但知挥涕独去，不复还视。

② 此妇人之辞。

③ 霸陵，汉文帝所葬，在长安附近。

④ 淫，久居。

⑤ 丝桐，指琴。

飘无止期。百里不见人，草木谁当迟[1]？登城望亭隧[2]，翩翩飞戍旗。行者不顾反，出门与家辞。子弟多俘虏，哭泣无已时。天下尽乐土，何为久留兹？蓼虫不知辛[3]，去来勿与谘。

## 赠从弟三首（刘桢）[4]

泛泛东流水，磷磷水中石[5]。蘋藻生其涯，华叶纷扰溺[6]。采之荐宗庙，可以羞嘉客[7]。岂无园中葵？懿此出深泽[8]。

亭亭山上松，瑟瑟谷中风。风声一何盛，松枝一何劲！冰霜正惨凄，终岁常端正。岂不罹凝

---

① 迟，同"治"。

② 《汉书·匈奴传》："建塞徼，起亭隧，筑外城，设屯戍以守之。"注："隧谓深开小道而行，避敌钞寇也。"

③ 《说文》："蓼，辛菜。"《楚辞》王逸注："蓼虫处辛剌，食苦恶，不从葵藿食甘美。"

④ 刘桢，字公干，魏东平人。少有学，太祖辟为丞相掾。为"建安七子"之一，著文赋数十篇。

⑤ 磷磷，水中石突立貌。

⑥ 扰溺，即缭绕之意。溺，通"袅"。

⑦ 《左传·隐公三年》："苟有明信，……蘋蘩薀藻之菜，……可荐于鬼神，可羞于王公。"羞，通"馐"。

⑧ 懿，美。

寒[1]？松柏有本性。

凤凰集南岳，裴徊孤竹根[2]。于心有不厌，奋翅凌紫氛。岂不常勤苦？羞与黄雀群。何时当来仪[3]？将须圣明君。

## 室思（徐干）[4]

人靡不有初，想君能终之[5]。别来历年岁，旧恩何可期？重新而忘故，君子所犹讥。寄声虽在远，岂忘君须臾？既厚不为薄，想君时见思。

## 杂诗（前人）

浮云何洋洋，愿因通我词。飘飖不可寄，徙倚徒相思[6]。人离皆复会，君独无返期。自君之出矣，明镜暗不治。思君如流水，何有穷已时？

---

① 凝寒，严寒。

② 《毛诗》郑玄笺："凤凰之性，非梧桐不栖，非竹实不食。"

③ 《书·益稷》："凤凰来仪。"孔传："圣人受命，则凤凰至。"

④ 见前《赠徐干》题注。

⑤ 《诗·大雅·荡》："靡不有初，鲜克有终。"

⑥ 徙倚，低徊状。

## 侍五官中郎将建章台集诗一首（应玚）[①]

朝雁鸣云中，音响一何哀！问子游何乡，戢翼正徘徊[②]。言我寒门来[③]，将就衡阳栖[④]。往春翔北土，今冬客南淮。远行蒙霜雪，毛羽日摧颓。常恐伤肌骨，身陨沉黄泥。簡珠堕沙石[⑤]，何能中自谐？欲因云雨会，濯翼陵高梯。良遇不可值，伸眉路何阶[⑥]？公子敬爱客，乐饮不知疲。和颜既以畅，乃肯顾细微。赠诗见存慰[⑦]，小子非所宜。为且极欢情，不醉其无归。凡百敬尔位[⑧]，以副饥渴怀。

---

① 《三国志·魏书·武帝纪》："（建安）十六年春正月，天子命公世子丕为五官中郎将。"应玚，见前《赠徐干》题注。

② 戢，jí。戢翼，敛翼。

③ 《淮南子·地形训》："北极之山曰寒门。"注："积寒所在，故曰寒门。"

④ 衡阳，在今湖南。

⑤ 簡，又作"简"。簡珠，大珠。

⑥ 伸眉，犹言扬眉。

⑦ 存，省问。慰，安抚。

⑧ 《诗·小雅·雨无正》："凡百君子，各敬尔身。"

## 别诗（前人）

朝云浮四海，日暮归故山。行役怀旧土，悲思不能言。悠悠涉千里，未知何时旋。

## 百一诗（应璩）①

下流不可处，君子慎厥初②。名高不宿著，易用受侵诬。前者隳官去，有人适我闾。田家无所有，酌醴焚枯鱼③。问我何功德，三入承明庐④。所占于此土，是谓仁智居。文章不经国⑤，筐箧无尺书。用等称才学，往往见叹誉⑥？避席跪自陈，贱子实空虚。

① 《文选》李善注引《百一诗序》："时谓曹爽曰：'公今闻周公巍巍之称，安知百虑有一失乎？'"百一之名盖兴于此。应璩，字休琏，汝南人也。博学好属文，明帝时历官散骑侍郎。曹爽多违法度，璩为诗以讽焉。典著作，卒。

② 《论语·子张》："是以君子恶居下流。"《书·仲虺之诰》："慎厥终，惟其始。"

③ 蔡邕《与袁公书》："酌麦醴，燔干鱼，欣然乐在其中矣。"

④ 承明庐，见前《赠白马王彪》注。璩初为侍郎，后为常侍，又为侍中，故云三入。

⑤ 曹丕《典论·论文》："文章，经国之大业。"

⑥ 言用何等而称才学，往往见誉乎？

宋人遇周客[①]，惭愧靡所如[②]。

## 杂诗（前人）

细微苟不慎，堤溃自蚁穴[③]。腠理早从事，安复劳针石[④]？哲人睹未形，愚夫暗明白[⑤]。曲突不见宾，焦烂为上客[⑥]。思愿献良规，江海倘不逆[⑦]。狂言虽寡善，犹有如鸡跖。鸡跖食不已，齐王为肥泽[⑧]。

---

① 《阚子》："宋之愚人得燕石于梧台之侧，归而藏之，以为大宝。周客闻而观焉。主人斋七日，端冕玄服以发宝，革匮十重，缇巾十袭。客见，俯而掩口，胡卢而笑曰：'此特燕石也，与瓦甓不殊。'主人大怒曰：'商贾之言，医匠之心！'藏之弥固，守之弥谨。"

② 如，从。校订者按：靡所如，犹无所适从。

③ 《淮南子·人间训》："千里之堤，以蝼蚁之穴漏。"

④ 《韩非子·喻老》："良医之治病也，攻之于腠理。"腠理，谓皮肤之间。

⑤ 《史记·赵世家》："愚者暗成事，智者睹未形。"

⑥ 《汉书·霍光传》："客有过主人者，见其灶直突，傍有积薪。客谓主人：'更为曲突，远徙其薪，不者且有火患。'主人嘿然不应。俄而家果失火，邻里共救之，幸而得息。于是杀牛置酒，谢其邻人。灼烂者在于上行，余各以功次坐，而不录言曲突者。人谓主人曰：'乡使听客之言，不费牛酒，终亡火患。今论功而请宾，曲突徙薪亡恩泽，燋头烂额为上客耶？'主人乃寤而请之。"

⑦ 《韩诗外传》："又安知江海之深乎？"倘，或。

⑧ 《淮南子·说山训》："善学者，若齐王之食鸡，必食其跖。"跖，脚掌。

## 咏怀（阮籍）[①]

夜中不能寐，起坐弹鸣琴。薄帷鉴明月，清风吹我襟。孤鸿号外野，朔鸟鸣北林。徘徊将何见？忧思独伤心。

二妃游江滨，逍遥顺风翔。交甫怀环珮，婉娈有芬芳。猗靡情欢爱，千载不相忘[②]。倾城迷下蔡[③]，容好结中肠。感激生忧思，萱草树兰房。膏沐为谁施？其雨怨朝阳[④]。如何金石交，一旦更离伤！

嘉树下成蹊，东园桃与李[⑤]。秋风吹飞藿[⑥]，零落

---

① 阮籍，晋陈留尉氏人，字嗣宗，容貌瑰杰，志气宏放。蒋济辟为掾，后谢病去。为尚书郎，迁步兵校尉，卒。

② 《列仙传》载江妃二女出游江滨，郑交甫遇之。《韩诗外传》："郑交甫将南适楚，遵彼汉皋台下，乃遇二女，佩两珠，大如荆鸡之卵。"婉娈，少好貌。

③ 倾城，见前《北方有佳人》注。宋玉《登徒子好色赋》："东家之子……嫣然一笑，惑阳城，迷下蔡。"

④ 《诗·卫风·伯兮》："岂无膏沐，谁适为容？"又："其雨其雨，杲杲出日。"郑玄笺："人言其雨其雨，而杲杲然日复出，犹我言伯且来，伯且来，则复不来。"

⑤ 《史记·李将军列传》引谚曰："桃李不言，下自成蹊。"蹊，人行之处。

⑥ 藿，豆之叶。

从此始。繁华有憔悴，堂上生荆杞。驱马舍之去，去上西山趾[①]。一身不自保，何况恋妻子？凝霜被野草，岁暮亦云已。

平生少年时，轻薄好弦歌。西游咸阳中，赵李相经过[②]。娱乐未终极，白日忽蹉跎。驱车复来归，反顾望三河[③]。黄金百镒尽[④]，资用常苦多。北临太行道，失路将如何[⑤]？

昔闻东陵瓜，近在青门外[⑥]。连畛距阡陌，子母相钩带。五色耀朝日，嘉宾四面会。膏火自煎熬，

---

① 西山，见前《采薇歌》注。

② 咸阳，秦都。赵，汉成帝赵后飞燕。李，武帝李夫人。二人并以善歌妙舞幸于帝。

③ 汉以河内、河南、河东为三河。

④《战国策·秦策》："（苏秦）说秦王书十上，而说不行。黑貂之裘敝，黄金百斤尽。"

⑤《战国策·魏策》载魏王欲攻邯郸，季梁闻之，中道而反，往见王曰："今者臣来，见人于太行，方北面而持其驾，告臣曰：'我欲之楚。'臣曰：'之楚，将奚为北面？'曰：'吾马良。'臣曰：'虽良，此非楚道也。'曰：'吾用多。'臣曰：'虽多，此非之楚之路也。'曰：'吾善御。'此数者逾善而离楚逾远耳。"

⑥《史记·萧相国世家》："召平者，故秦东陵侯。秦破，为布衣。贫，种瓜于长安城东。瓜美，故世俗谓之'东陵瓜'，从召平以为名也。"青门，即霸城门，长安东门。

多财为患害[①]。布衣可终身，宠禄岂足赖？

灼灼西隤日，余光照我衣。回风吹四壁，寒鸟相因依。周周尚衔羽[②]，蛩蛩亦念饥[③]。如何当路子，磬折忘所归[④]。岂为夸誉名，憔悴使心悲。宁与燕雀翔，不随黄鹄飞。黄鹄游四海，中路将安归？

步出上东门，北望首阳岑[⑤]。下有采薇士，上有嘉树林[⑥]。良辰在何许？凝霜沾衣襟。寒风振山冈，玄云起重阴。鸣雁飞南征，鶗鴂发哀音[⑦]。素质游商声[⑧]，凄怆伤我心。

---

① 《庄子·人间世》："山木自寇也，膏火自煎也。"此言膏火以明自煎，喻人以多财自害。

② 周周，鸟名。《文选》李善注引《韩非子》："鸟有周周者，首重而屈尾，将欲饮于河，则必颠，乃衔羽而饮。"

③ 蛩蛩，即邛邛岠虚。《尔雅》："西方有比肩兽焉，与邛邛岠虚比，为邛邛岠虚啮甘草，即有难，邛邛岠虚负而走，其名谓之蟨。"

④ 磬折，见前曹植《箜篌引》注。

⑤ 《河南郡图经》："（郡城）东有三门，最北头曰'上东门'，河南郡境界。"首阳山在郡城东北十里。

⑥ 《文选》李善注引颜延之曰："《史记·龟策传》曰：无虫曰嘉林。"

⑦ 鶗鴂，tíjué，即杜鹃。《文选》李善注引《楚辞》："恐鶗鴂之先鸣，使夫百草为之不芳。"

⑧ 《礼记·月令》："孟秋之月……其音商。"沈约曰："致此雕素之质，由于商声用事秋时也。'游'字应作'由'，古人字类无定也。"

湛湛长江水，上有枫树林[①]。皋兰被径路[②]，青骊逝骎骎[③]。远望令人悲，春气感我心。三楚多秀士[④]，朝云进荒淫[⑤]。朱华振芬芳，高蔡相追寻。一为黄雀哀，泪下谁能禁[⑥]？

开秋兆凉气，蟋蟀鸣床帷。感物怀殷忧，悄悄令心悲。多言焉所告，繁辞将诉谁？微风吹罗袂，明月耀清晖。晨鸡鸣高树，命驾起旋归。

昔年十四五，志尚好诗书。被褐怀珠玉[⑦]，颜闵

---

① 《楚辞·招魂》："湛湛江水兮，上有枫。"湛湛，深貌。

② 《楚辞·招魂》："皋兰被径兮，斯路渐。"皋兰，泽兰。

③ 《楚辞·招魂》："青骊结驷兮，齐千乘。"注："纯黑为骊。"《诗·小雅·四牡》："驾彼四骆，载骤骎骎。"毛传："骎骎，骤貌。"骎，qīn。

④ 《汉书·高帝纪》孟康注："旧名江陵为南楚，吴为东楚，彭城为西楚。"

⑤ 宋玉作《高唐赋》，中有"旦为朝云"句。宋玉，楚人。

⑥ 《文选》李善注引《战国策》："庄辛谏楚王曰：……黄雀俯啄白粒，仰栖茂树，鼓翅奋翼，自以为与人无争；不知夫公子王孙，左挟弹，右摄丸，以其颈为的，昼游茂树，夕调酸咸耳。黄雀其小者也。蔡圣侯因是已，南游高陂，北陵巫山。饮茹溪之流，食湘波之鱼。左视幼妾，右拥嬖女，与之驰骋乎高蔡之中，而不以国家为事。不知夫子发受命于宣王，系己以朱丝而见之也。"按，高即高陂，蔡即上蔡。

⑦ 《孔子家语》载子路问于孔子曰："有人于此，被褐而怀玉，何如？"子曰："国无道，隐之可也；国有道，则衮冕而执玉。"

相与期[1]。开轩临四野，登高望所思。丘墓蔽山冈，万代同一时。千秋万岁后，荣名安所之？乃悟羡门子，噭噭今自嗤[2]。

裴徊蓬池上[3]，还顾望大梁[4]。绿水扬洪波，旷野莽茫茫。走兽交横驰，飞鸟相随翔。是时鹑火中，日月正相望[5]。朔风厉严寒，阴气下微霜。羁旅无俦匹，俯仰怀哀伤。小人计其功，君子道其常[6]。岂惜终憔悴？咏言著斯章。

独坐空堂上，谁可与欢者？出门临永路，不见行车马。登高望九州，悠悠分旷野。孤鸟西北飞，离兽东南下。日暮思亲友，晤言用自写。

---

① 颜闵，谓颜渊、闵子骞。

② 《史记·秦始皇本纪》："始皇之碣石，使燕人卢生求羡门。"集解引韦昭曰："古仙人。"噭噭，明白貌。嗤，讥笑。

③ 《文选》李善注引《汉书·地理志》："河南开封县东北有蓬池。"

④ 《文选》李善注引《汉书·地理志》："陈留郡有浚仪县，故大梁也。"浚仪县故城在今河南开封市东南。

⑤ 《文选》李善注引《左氏传》："晋侯伐虢。公问卜偃曰：'吾其济乎？'对曰：'克之，其九月十月之交乎？鹑火中，必是时也。'"鹑火，星次之名。日月相望，十五日。

⑥ 《荀子·天论》："天有常道矣，地有常数矣，君子有常体矣。君子道其常，而小人计其功。"

悬车在西南，羲和将欲倾[①]。流光耀四海，忽忽至夕冥。朝为咸池晖，蒙汜受其荣[②]。岂知穷达士，一死不再生？视彼桃李花，谁能久荧荧？君子在何许，叹息未合并[③]。瞻仰景山松[④]，可以慰吾情。

西方有佳人[⑤]，皎若白日光。被服纤罗衣，左右佩双璜[⑥]。修容耀姿美，顺风振微芳。登高眺所思，举袂当朝阳。寄颜云霄间，挥袖凌虚翔。飘飖恍惚中，流盼顾我傍。悦怿未交接，晤言用感伤。

于心怀寸阴，羲阳将欲冥。挥袂抚长剑，仰观浮云征。云间有玄鹤，抗志扬哀声。一飞冲青天，旷世不再鸣。岂与鹑鷃游[⑦]，连翩戏中庭。

---

① 悬车，见前《挽歌》注。羲和，见前《赠王粲》注。

② 《淮南子·天文训》："日出于旸谷，浴于咸池。"《楚辞·天问》："日月安属，列星安陈？出自汤谷，次于蒙汜。"蒙汜，古人谓为日所入处。

③ 《庄子·则阳》："丘山积卑而为高，江河合小而为大，大人合并而为公。"

④ 《诗·商颂·殷武》："陟彼景山，松柏丸丸。"毛传："丸丸，易直也。"山在河南偃师市南，崇丽为诸山冠。

⑤ 《诗·邶风·简兮》："云谁之思，西方美人。"郑玄笺："思周室之贤者。"

⑥ 璜，huáng，半璧曰璜。

⑦ 《三国志·魏书·邴原传》裴松之注："邴君所谓云中白鹤，非鹑鷃之网所能罗矣。"

驾言发魏都，南向望吹台。箫管有遗音，梁王安在哉[①]！战士食糟糠，贤者处蒿莱。歌舞曲未终，秦兵已复来。夹林非吾有，朱宫生尘埃。军败华阳下[②]，身竟为土灰。

朝阳不再盛，白日忽西幽。去此若俯仰，如何似九秋？人生若尘露，天道邈悠悠。齐景升丘山，涕泗纷交流[③]。孔圣临长川，惜逝忽若浮[④]。去者余不及，来者吾不留。愿登太华山，上与松子游[⑤]。渔父知世患，乘流泛轻舟[⑥]。

---

① 吹台，在今河南开封市东南。《陈留风俗传》："县有仓颉、师旷城，上有列仙之吹台。北有牧泽，泽中出兰蒲……梁王增筑以为吹台。……今层台孤立于牧泽之右矣。"

② 《史记·秦本纪》载秦昭襄王三十三年："击芒卯华阳，破之。"注："芒卯，魏将。""华阳，亭名，在密县。"

③ 《晏子春秋》："（齐）景公游于牛山，北临其国城而流涕曰：'若何滂滂去此而死乎！'艾孔、梁丘据皆从而泣。"

④ 《论语·子罕》："子在川上曰：'逝者如斯夫！不舍昼夜。'"《汉书·孝成班倢伃传》："惟人生兮一世，忽一过兮若浮。"

⑤ 《史记·留侯世家》："愿弃人间事，欲从赤松子游耳。"赤松子，仙人名。

⑥ 《庄子》有《渔父》篇，述"孔子游乎缁帷之林，休坐乎杏坛之上……弦歌鼓琴，奏曲未半，有渔父者下船而来"，谓言"事有四患"，言毕刺船而去。

儒者通六艺[①]，立志不可干。违礼不为动，非法不肯言。渴饮清泉流，饥食并一箪[②]。岁时无以祀，衣服常苦寒。屣履咏《南风》[③]，缊袍笑华轩[④]。信道守诗书，义不受一餐。烈烈褒贬辞，老氏用长叹。

林中有奇鸟，自言是凤凰。清朝饮醴泉，日夕栖山冈[⑤]。高鸣彻九州，延颈望八荒。适逢商风起，羽翼自摧藏。一去昆仑西，何时复回翔？但恨处非位，怆悢使心伤。

出门望佳人，佳人岂在兹？三山招松乔[⑥]，万世谁与期？存亡有长短，慷慨将焉知？忽忽朝日隤，

---

① 六艺，六经。

② 箪，盛饭竹器。《论语·雍也》："一箪食，一瓢饮。"

③ 屣履，同"縰履"，谓纳履未正，曳之而行。《南风》，诗名。《礼记·乐记》孔颖达疏："孝子之诗。南风长养万物，而孝子歌之……舜有孝行，故以此五弦之琴歌《南风》之诗而教天下之孝也。"

④ 缊袍，粗恶之衣。

⑤ 见前《拟苏李诗》注。

⑥ 《史记·封禅书》："自威、宣、燕昭使人入海求蓬莱、方丈、瀛洲。此三神山者，其傳在勃海中，去人不远；……未至，望之如云；及到，三神山反居水下。临之，风辄引去，终莫能至云。"松，谓赤松子。乔，谓王乔。

行行将何之？不见季秋草，摧折在今时。

## 杂诗（嵇康）[①]

微风清扇，云气四除。皎皎亮月，丽于高隅。兴命公子，携手同车。龙骥翼翼，扬镳踟蹰。肃肃宵征，造我友庐。光灯吐辉，华幔长舒。鸾觞酌醴，神鼎烹鱼。弦超子野[②]，叹过绵驹[③]。流咏太素，俯赞玄虚。孰克英贤，与尔剖符[④]？

## 赠秀才入军[⑤]（前人）

良马既闲，丽服有晖。左揽繁弱，右接忘归[⑥]。风驰电逝，蹑景追飞。凌厉中原[⑦]，顾盼生姿。携

① 嵇康，晋谯国人，字叔夜，幼有奇才，博览无所不见，拜中散大夫，以事被诛。

② 子野，师旷字。师旷为春秋晋之乐师，世之言乐，必称师旷。

③ 绵驹，古之善歌者。《孟子·告子》载淳于髡曰："绵驹处于高唐，而齐右善歌。"

④ 言谁能以英贤之德，与尔剖符而治乎？

⑤ 嵇康从兄秀才公穆，一说嵇喜字公穆。

⑥《文选》李善注引刘向《新序》："楚王载繁弱之弓、忘归之矢，以射兕于云梦。"

⑦ 凌，凌登。厉，上升。

我好仇[1]，载我轻车。南凌长阜，北厉清渠。仰落惊鸿，俯引渊鱼。盘于游田，其乐只且[2]。

轻车迅迈，息彼长林。春木载荣，布叶垂阴。习习谷风[3]，吹我素琴。咬咬黄鸟[4]，顾俦弄音。感悟驰情，思我所钦。心之忧矣，永啸长吟。

浩浩洪流，带我邦畿[5]。萋萋绿林，奋荣扬晖。鱼龙瀺灂[6]，山鸟群飞。驾言出游，日夕忘归。思我良朋，如渴如饥。愿言不获[7]，怆矣其悲。

息徒兰圃，秣马华山[8]。流磻平皋[9]，垂纶长川[10]。目送归鸿，手挥五弦。俯仰自得，游心太玄[11]。嘉彼

---

① 《文选》李善注引《毛诗》："君子好仇。"仇，qiú，匹偶。

② 《书·无逸》："不敢盘于游田。"盘，逸乐。《诗·王风·君子阳阳》："其乐只且。"且，jū，语气词。

③ 《诗·邶风·谷风》："习习谷风。"习习，和舒貌。

④ 咬咬，同"交交"，飞鸟往来貌。《诗·秦风·黄鸟》："交交黄鸟。"

⑤ 畿，疆界。

⑥ 瀺灂，chánzhuó，水流声。

⑦ 《文选》李善注引张衡诗："愿言不获，终然永思。"

⑧ 秣马，饲马。华山，山有光华者。

⑨ 磻，bō。《说文》："以石箸隿缴也。"按，以石着生丝，来猎取飞禽。

⑩ 纶，lún。垂纶，垂钓。《文选》李善注引郑玄《毛诗笺》："钓者以丝为之纶。"

⑪ 太玄，谓玄邈之道。

钓叟，得鱼忘筌[①]。郢人逝矣，谁与尽言[②]？

闲夜肃清，朗月照轩。微风动袿，组帐高褰[③]。旨酒盈樽，莫与交欢。鸣琴在御[④]，谁与鼓弹？仰慕同趣，其馨如兰[⑤]。佳人不存，能不永叹。

## 幽愤诗[⑥]（前人）

嗟余薄祜，少遭不造[⑦]。哀茕靡识，越在襁褓。母兄鞠育[⑧]，有慈无威。恃爱肆姐[⑨]，不训不师。

---

① 筌，鱼笱。《庄子·外物》："筌者所以在鱼，得鱼而忘筌。"

② 《庄子·徐无鬼》：庄子送葬，过惠子之墓，顾谓从者曰："郢人垩墁其鼻端若蝇翼，使匠石斫之。匠石运斤成风，听而斫之，尽垩而鼻不伤，郢人立不失容。宋元君闻之，召匠石曰：'尝试为寡人为之。'匠石曰：'臣则尝能斫之。虽然，臣之质死久矣。自夫子之死也，吾无以为质矣，吾无与言之矣。'"

③ 袿，guī，衣裾。组，所以系帐者。褰，同"搴"，悬挂。

④ 《诗·郑风·女曰鸡鸣》："琴瑟在御，莫不静好。"

⑤ 同趣，犹言同志。《易》："同心之言，其臭如兰。"

⑥ 《晋书·嵇康传》："东平吕安，服康高致，每一相思，辄千里命驾，康友而善之。后安为兄枉诉，以事系狱，辞相证引，遂复收康。康性慎言行，一旦缧绁，乃作《幽愤诗》。"

⑦ 薄祜，薄福。不造，言家道未成。《诗·周颂·闵予小子》："闵予小子，遭家不造。"

⑧ 鞠育，养育。《诗·小雅·蓼莪》："母兮鞠我。"

⑨ 肆，放肆。姐，jù，骄纵。

爰及冠带，凭宠自放。抗心希古，任其所尚。托好老庄，贱物贵身。志在守朴，养素全真。曰余不敏，好善暗人[①]。子玉之败，屡增维尘[②]。大人含弘，藏垢怀耻。民之多僻，政不由己[③]。惟此褊心，显明臧否[④]。感悟思愆，怛若创痏[⑤]。欲寡其过，谤议沸腾。性不伤物，频致怨憎。昔惭柳惠[⑥]，今愧孙登[⑦]。内负宿心，外恧良朋[⑧]。仰慕严郑，乐道闲

---

① 暗人，谓懦弱不明事理者，指吕安。

② 子玉，楚国大夫。《左传·僖公二十七年》："楚子将围宋，使子文治兵于睽，终朝而毕，不戮一人。子玉复治兵于蒍，终日而毕，鞭七人，贯三人耳。国老皆贺子文，子文饮之酒。蒍贾尚幼，后至不贺。子文问之，对曰：'不知所贺。子之传政于子玉，……子玉之败，子之举也；举以败国，将何贺焉？'"《诗·小雅·无将大车》："无将大车，维尘冥冥。"《文选》李善注引郑玄曰："喻大夫进举小人，适自作忧患也。"

③ 《诗·大雅·板》："民之多辟，无自立辟。"郑玄笺："民之行多为邪辟者，乃汝君臣之过，无自谓所建为法也。"

④ 《诗·魏风·葛屦》："维是褊心，是以为刺。"又《大雅·抑》："於乎小子，未知臧否。"

⑤ 怛，dá，痛。痏，wěi，殴伤。

⑥ 柳惠，谓柳下惠。《孟子·万章》："柳下惠，圣之和者也。"

⑦ 《魏氏春秋》："初，康采药于中北山，北见隐者孙登。康欲与之言，登默然不对。逾年将去，康曰：'先生竟无言乎？'登乃曰：'子才多识寡，难乎免于今之世也！'"

⑧ 负，背。恧，nù，惭愧。

居[①]。与世无营，神气晏如。咨予不淑，婴累多虞。匪降自天，实由顽疏。理弊患结，卒致囹圄。对答鄙讯[②]，絷此幽阻。实耻讼冤，时不我与。虽曰义直，神辱志沮[③]。澡身沧浪，岂曰能补？嗈嗈鸣雁，奋翼北游。顺时而动，得意忘忧。嗟我愤叹，曾莫能俦。事与愿违，遘兹淹留。穷达有命，亦又何求？古人有言，善莫近名[④]。奉时恭默，咎悔不生。万石周慎，安亲保荣[⑤]。世务纷纭，只搅予情。安乐必诫，乃终利贞[⑥]。煌煌灵芝，一年三秀。予独何为，有志不就？惩难思复，心焉内疚。庶勖将来，

---

① 《汉书·王贡两龚鲍传》载谷口有郑子真，蜀有严君平，皆修身保性。成帝时，元舅王凤以礼聘子真，子真遂不诎而终。君平卜筮于成都市，以为卜筮贱业，而可以惠众。日阅数人，得百钱足以自养，则闭肆垂帘。

② 言己对答之辞鄙于见讯。

③ 沮，沮丧。

④ 《庄子·养生主》："为善无近名，为恶无近刑。"

⑤ 《汉书·石奋传》载万石君奋，长子建为郎中令。建老白首，万石君尚无恙，每五日洗沐归谒亲。建为郎中令奏事，事下，建自读之，惊恐曰："书'马'者，与尾而五，今乃四，不足一，获谴死矣。"其为谨慎，虽他皆如此。

⑥ 《孔子家语》："安乐必戒，无所行悔。"言虽处安乐，必警戒。

无馨无臭。采薇山阿[①]，散发岩岫。永啸长吟，颐性养寿[②]。

## 励志诗（张华）[③]

太仪斡运[④]，天回地游。四气鳞次，寒暑环周。星火既夕，忽焉素秋[⑤]。凉风振落，熠耀宵流[⑥]。

吉士思秋[⑦]，实感物化。日与月与，荏苒代谢。逝者如斯，曾无日夜。嗟尔庶士，胡宁自舍[⑧]？

仁道不遐，德輶如羽。求焉斯至，众鲜克举[⑨]。大猷玄漠，将抽厥绪[⑩]。先民有作，遗我高矩。

---

① 采薇，用伯夷叔齐事。《琴操》载许由曰："放发优游，所以安己不惧。"

② 颐，保养。

③ 张华，晋方城人，字茂先，学业优博，辞藻温丽。伐吴，功成，封广武侯。后为赵王伦所害。著有《博物志》。

④ 太仪，太极，形之始谓之仪。斡，wò，转。

⑤ 星火，火星。《诗·豳风·七月》云"七月流火"，言七月则火星下移。秋在五色为白，故曰素秋。

⑥ 熠耀，燐火。

⑦《诗·召南·野有死麕》："有女怀春，吉士诱之。"吉士，善士。

⑧ 自舍，犹言自弃。

⑨《诗·大雅·烝民》："德輶如毛，民鲜克举之。"輶，yóu，轻。

⑩ 猷，yóu，道。玄，幽远。漠，寂寥。言大道玄远幽漠，必小引其端绪，而至于可知。

虽有淑姿，放心纵逸。田般于游，居多暇日。如彼梓材，弗勤丹漆。虽劳朴斫，终负素质[①]。

养由矫矢，兽号于林[②]。蒲卢萦缴，神感飞禽[③]。末技之妙，动物应心。研精耽道，安有幽深？

安心恬荡，栖志浮云。体之以质，彪之以文。如彼南亩，力耒既勤。藨蓘致功，必有丰殷[④]。

水积成渊，载澜载清。土积成山，歊蒸郁冥。山不让尘，川不辞盈。勉致含弘，以隆德声。

高以下基，洪由纤起。川广自源，成人在始。累微以著，乃物之理。纆牵之长，实累千里[⑤]。

---

① 《书·梓材》："若作梓材，既勤朴斫，惟其涂丹雘。"

② 《淮南子》佚文："楚恭王游于林中，有白猨缘木而矫，王使左右射之，腾跃避矢，不能中。于是使（养）由基抚弓而眄，猨乃抱木而长号。何者？诚在于心而精通于物。"养由基，善射者。

③ 蒲卢，即蒲且。《列子·汤问》："蒲且子之弋也，弱弓纤缴，乘风振之，连双鸧于青云之际。"《汲冢周书》："蒲且子见双凫过之，其不被弋者亦下。"故言感也。

④ 藨，biāo，耘田。蓘，gǔn，壅田。《文选》李善注引《左氏传》："譬如农夫，是藨是蓘，虽有饥馑，必有丰年。"

⑤ 纆，mò。纆牵，马索。《战国策·韩策》载昔王良弟子驾千里之马，过京父之弟子。京父之弟子曰："马，千里之马也；服，千里之服也；而不能取千里，何也？"曰："子纆牵长。"

复礼终朝，天下归仁。若金受砺，若泥在钧[①]。进德修业，辉光日新。隰朋仰慕，予亦何人[②]？

## 答何劭（前人）

吏道何其迫，窘然坐自拘。缨緌为徽纆，文宪焉可逾[③]？恬旷苦不足[④]，烦促每有余。良朋贻新诗，示我以游娱。穆如洒清风，奂若春华敷[⑤]。自昔同寮寀[⑥]，于今比园庐。衰夕近辱殆，庶几并悬舆[⑦]。散发重阴下，抱杖临清渠。属耳听莺鸣，流目玩鲦鱼[⑧]。从容养余日，取乐于桑榆。

---

① 陶人为圆器，其转轮曰钧。

② 《庄子·徐无鬼》："管仲有病，桓公问之：'仲父之病病矣……寡人恶乎属国而可？'……对曰：'勿已，则隰朋可。其为人也……愧不若黄帝，而哀不己若者。'"此言隰朋犹慕德，我是何人而不慕乎？

③ 緌，ruí，缨饰。徽纆，绳索。《易》："系用徽纆。"宪，法。

④ 恬旷，恬静疏旷。

⑤ 穆，静穆。奂，盛多。敷，开放。

⑥ 同寮寀，犹言同僚。惠帝即位，劭为太子太师；武帝崩，华为太子少傅，时正相接，故曰同寮寀。

⑦ 悬舆，言致仕。

⑧ 鲦，tiáo。鲦鱼，即鲦鱼。《庄子·秋水》："鲦鱼出游从容，是鱼之乐也。"

## 情诗（前人）

清风动帷帘，晨月照幽房。佳人处遐远，兰室无容光。襟怀拥虚景，轻衾覆空床。居欢惜夜促，在戚怨宵长。拊枕独啸叹，感慨心内伤。

游目四野外，逍遥独延伫。兰蕙缘清渠，繁华荫绿渚。佳人不在兹，取此欲谁与？巢居知风寒，穴处识阴雨。不曾远别离，安知慕俦侣？

## 杂诗（前人）

晷度随天运[①]，四时互相承。东壁正昏中，固阴寒节升[②]。繁霜降当夕，悲风中夜兴。朱火青无光，兰膏坐自凝[③]。重衾无暖气，挟纩如怀冰[④]。伏枕终遥夕，寤言莫予应。永思虑崇替[⑤]，慨然独拊膺。

---

① 晷，日影。晷度，刻度以测日影。

② 《礼记·月令》：仲冬之月，昏东壁中。昏、壁，皆星名。《左传·昭公四年》："深山穷谷，固阴冱寒。"言极阴。

③ 兰膏，以兰香炼膏。坐自凝，无故自凝。

④ 纩，kuàng，细绵。

⑤ 犹言兴替。《国语·楚语》："君子唯独居，思念前世之崇替。"

## 杂诗（傅玄）

志士惜日短，愁人知夜长。摄衣步前庭，仰观南雁翔。玄景随形运，流响归空房。清风何飘飖，微月出西方。繁星依青天，列宿自成行。蝉鸣高树间，野鸟号东厢。纤云时仿佛，渥露沾我裳。良时无停景，北斗忽低昂。常恐寒节至，凝气结为霜。落叶随风摧，一绝如流光。

## 补亡诗六章（束皙）①

序曰：晳与同业畴人，肄修乡饮之礼。然所咏之诗，或有义无词，音乐取节，阙而不备。于是遥想既往，存思在昔，补著其文，以缀旧制。

### 南陔

《南陔》，孝子相戒以养也。②

---

① 束皙，字广微，晋阳平元城人。父龛，冯翊太守。兄璆，与晳齐名。尝览古诗，惜其不备，故作诗以补之。后为著作郎。

② 《诗序》："《南陔》废，则孝友缺矣。"陔，田陇。

循彼南陔，言采其兰。眷恋庭闱[1]，心不遑安。彼居之子，罔或游盘[2]。馨尔夕膳，洁尔晨餐。循彼南陔，厥草油油。彼居之子，色思其柔[3]。眷恋庭闱，心不遑留。馨尔夕膳，洁尔晨羞。有獭有獭[4]，在河之涘。凌波赴汨[5]，噬鲂捕鲤。嗷嗷林乌，受哺于子。养隆敬薄，惟禽之似[6]。勖增尔虔，以介丕祉[7]。

### 白华

《白华》，孝子之洁白也。[8]

白华朱萼，被于幽薄[9]。粲粲门子[10]，如磨如错。

---

① 庭闱，亲之所居。
② 彼居之子，言在家之子。游盘，游逸娱乐。
③ 言承望父母颜色，须其柔顺。
④ 《礼记·月令》："孟春之月……鱼上冰，獭祭鱼。"注："獭将食之，先以祭也。"喻人子有食，先养其亲。
⑤ 汨，疾流。
⑥ 言鸟亦能养，但不知敬耳。今人虽厚养而薄敬，则亦如禽兽而已。
⑦ 勖，勉，努力。虔，恭敬。介，助。丕，大。祉，福祉。
⑧ 《诗序》："《白华》废，则廉耻缺矣。"
⑨ 华、萼，喻兄弟。薄，草之丛生处。
⑩ 《周礼》："正室皆谓之门子。"郑玄曰：门子，嫡子将代父当门者。

终晨三省，匪惰其恪[①]。白华绛趺，在陵之陬[②]。蒨蒨士子，涅而不渝[③]。竭诚尽敬，亹亹忘劬[④]。白华玄足，在丘之曲。堂堂处子[⑤]，无营无欲。鲜侔晨葩，莫之点辱[⑥]。

## 华黍

《华黍》，时和岁丰，宜黍稷也。[⑦]

黮黮重云，辑辑和风[⑧]。黍华陵巅，麦秀丘中。靡田不播，九谷斯丰。奕奕玄霄，濛濛甘霤[⑨]。黍发稠华[⑩]，亦挺其秀。靡田不殖，九谷斯茂。无高不播，无下不殖。芒芒其稼，参参其穑[⑪]。穑我王

① 《文选》李善注引曹植《魏德论》："位冠万国，不惰厥恪。" 恪，敬。
② 趺，fū，同"跗"，萼足。陬，山脚。
③ 蒨蒨，鲜明貌。渝，改变。
④ 亹，wěi。亹亹，勤勉貌。劬，qú，劳苦。
⑤ 处子，处士。
⑥ 侔，齐等。点辱，同"玷辱"。
⑦ 《诗序》："《华黍》废，则畜积缺矣。"
⑧ 黮黮，一作"黕黕"，云色不明貌。辑辑，同"习习"，和舒之貌。
⑨ 奕奕，光貌。玄，黑色。濛濛，雨貌。霤，liù，凡水下流曰霤。
⑩ 稠，众多，稠密。
⑪ 芒芒，多貌。参参，长貌。种曰稼，敛曰穑。

委[1]，充我民食。玉烛阳明，显猷翼翼[2]。

## 由庚

《由庚》，万物得由其道也。[3]

荡荡夷庚，物则由之[4]。蠢蠢庶类，王亦柔之[5]。道之既由，化之既柔。木以秋零，草以春抽[6]。兽在于草，鱼跃顺流。四时递谢，八风代扇[7]。纤阿按晷，星变其躔[8]。五纬不愆，六气无易[9]。愔愔我王，

① 穑，同“蓄”。委，积聚。《公羊传》：“君子之为国也，必有三年之委。”

② 《尔雅》：“四气和谓之玉烛。”翼翼，明貌。猷，道。

③ 由，从。庚，道。《诗序》：“《由庚》废，则阴阳失其道理矣。”

④ 夷，常。言荡荡常道，万物由之以生。

⑤ 蠢蠢，动貌。柔，安定。

⑥ 言草木得遂其性，而零茂以时。

⑦ 《淮南子·地形训》：“何谓八风？东北曰炎风，东方曰条风，东南曰景风，南方曰巨风，西南曰凉风，西方曰飂风，西北曰丽风，北方曰寒风。”《说文》：“东方曰明庶风，东南曰清明风，南方曰景风，西南曰凉风，西方曰阊阖风，西北曰不周风，北方曰广莫风，东北曰融风。”《吕氏春秋》载风有八等：炎风、滔风、熏风、巨风、凄风、飂风、厉风、寒风。

⑧ 《文选》李善注引《淮南子》：“纤阿，月御也。”躔，chán，星辰居次。

⑨ 五纬，指雨、旸、燠、寒、风。六气，指阴、阳、风、雨、晦、明。

绍文之迹[①]。

## 崇丘

《崇丘》，万物得极其高大也。[②]

瞻彼崇丘，其林蔼蔼[③]。植物斯高，动物斯大。周风既洽，王猷允泰[④]。漫漫方舆，回回洪覆[⑤]。何类不繁，何生不茂？物极其性，人永其寿。恢恢大圜，芒芒九壤[⑥]。资生仰化，于何不养？人无道夭，物极则长。

## 由仪

《由仪》，万物之生各得其仪也。[⑦]

---

① 愔，yīn。愔愔，安和貌。《左传·昭公十二年》："祈招之愔愔。"此周成王诗，故我王谓成王也。文，谓文王。

② 《诗序》："《崇丘》废，则万物不遂矣。"

③ 蔼蔼，盛貌。

④ 周，谓周室。猷，yóu，谋划。

⑤ 漫漫、回回，皆大貌。方舆，指地。洪覆，指天。

⑥ 大圜，指天。九壤，即九州。

⑦ 仪，宜。《诗序》："《由仪》废，则万物失其道理矣。"

肃肃君子，由仪率性。明明后辟，仁以为政[①]。鱼游清沼，鸟萃平林。濯鳞鼓翼，振振其音。宾写尔诚，主竭其心。时之和矣，何思何修[②]。文化内辑，武功外悠[③]。

## 招隐诗（陆机）[④]

明发心不夷，振衣聊踯躅[⑤]。踯躅欲安之？幽人在浚谷[⑥]。朝采南涧藻，夕息西山足[⑦]。轻条象云构，密叶成翠幄[⑧]。激楚伫兰林，回芳薄秀木[⑨]。山溜何泠泠！飞泉漱鸣玉。哀音附灵波，颓响赴曾曲。至乐非有假，安事浇淳朴[⑩]？富贵苟难图，税驾从所欲[⑪]。

---

① 肃肃，敬貌。明明，明察貌。后辟，指君。
② 思，思虑。修，修治。
③ 辑，和。悠，远。
④ 见前《短歌行》题注。
⑤ 不夷，同“不怡”，不悦。振衣，整衣。踯躅，行不进状。
⑥ 浚谷，深谷。
⑦《诗·召南·采蘋》：“于以采蘋？南涧之滨。于以采藻？于彼行潦。”
⑧ 刘桢诗：“大厦云构。”构，厦屋。幄，帷帐。
⑨ 激楚，声之抑扬清越者。薄，附着。
⑩ 浇，浮薄。
⑪ 税驾，停车。

## 赠冯文罴[①]（前人）

昔与二三子，游息承华南[②]。拊翼同枝条，翻飞各异寻。苟无凌风翮，徘徊守故林。慷慨谁为感？愿言怀所钦。发轸清洛汭，驱马大河阴[③]。伫立望朔涂，悠悠迥且深。分索古所悲，志士多苦心。悲情临川结，苦言随风吟。愧无杂佩赠，良讯代兼金[④]。夫子茂远猷，款诚寄惠音。

## 为顾彦先赠妇[⑤]（前人）

辞家远行游，悠悠三千里。京洛多风尘，素衣化为缁[⑥]。修身悼忧苦，感念同怀子。隆思乱心曲，沉欢滞不起。欢沉难克兴，心乱谁为理？愿假归鸿翼，翻飞浙江汜[⑦]。

---

① 冯文罴为太子洗马，后迁斥丘令。

② 陆机所著《洛阳记》：“太子宫在大宫东，薄室门外，中有承华门。”陆机亦尝为太子洗马（见《赠贾长渊诗》序），故云。

③ 水北曰汭，水南曰阴。

④《诗·郑风·女曰鸡鸣》：“知子之来之，杂佩以赠之。”

⑤《文选》李善注：“此上篇赠妇，下篇答。而俱云赠妇，又误也。”

⑥ 缁，黑色。

⑦ 汜，sì，水有歧流复还本水者曰汜。《诗·召南·江有汜》：“江有汜，之子归，不我以。”

东南有思妇，长叹充幽闼。借问叹何为？佳人眇天末。游宦久不归，山川修且阔。形影参商乖，音息旷不达。离合非有常，譬彼弦与括[①]。愿保金石躯，慰妾长饥渴。

## 赴洛道中作诗（前人）

总辔登长路，呜咽辞密亲。借问子何之？世网婴我身[②]。永叹遵北渚，遗思结南津。行行遂已远，野途旷无人。山泽纷纡余，林薄杳阡眠[③]。虎啸深谷底，鸡鸣高树巅[④]。哀风中夜流，孤兽更我前。悲情触物感，沉思郁缠绵。伫立望故乡，顾影凄自怜。

远游越山川，山川修且广。振策陟崇丘[⑤]，按辔遵平莽。夕息抱影寐，朝徂衔思往。顿辔倚嵩岩，侧听悲风响。清露坠素辉，明月一何朗！抚枕不能寐，振衣独长想。

---

① 括，通“筈”。《释名》：“矢末曰筈。”

② 婴，环绕。

③ 纡，yū。纡余，迂回曲折。司马相如《上林赋》：“纡余逶迤。”阡眠，同“芊眠”，密茂貌。《文选》李善注引《楚辞》：“远望兮阡眠。”

④ 见前《鸡鸣》题注。

⑤ 策，手杖。

## 谷风（陆云）[①]

闲居外物，静言乐幽。绳枢增结[②]，瓮牖绸缪[③]。和神当春，清节为秋。天地则尔，户庭已悠。

## 悼亡诗（潘岳）[④]

荏苒冬春谢，寒暑忽流易。之子归穷泉[⑤]，重壤永幽隔。私怀谁克从，淹留亦何益？僶俛恭朝命，回心反初役。望庐思其人，入室想所历。帏屏无仿佛，翰墨有余迹。流芳未及歇，遗挂犹在壁。怅怳如或存，周遑忡惊惕。如彼翰林鸟[⑥]，双栖一朝只。如彼游川鱼，比目中路析[⑦]。春风缘隙来，晨霤承檐滴。寝息何时忘？沉忧日盈积。庶几有时衰，庄缶

---

① 陆云，字士龙，陆机弟。六岁能属文，与兄机齐名，时号“二陆”。

② 绳枢，以绳系户枢，贫者之居。贾谊《过秦论》：“陈涉，瓮牖绳枢之子。”

③ 瓮牖，言以败瓮口为牖，谓寒微之家。绸缪，经营。《诗·唐风·绸缪》：“绸缪束薪。”

④ 潘岳，字安仁，晋中牟人。美姿仪，为文词藻艳丽，尤长于哀诔。

⑤ 之子，谓妻。

⑥ 翰鸟，飞鸟。

⑦《尔雅》：“东方有比目鱼焉，不比不行。”

犹可击[①]。

皎皎窗中月，照我室南端。清商应秋至，溽暑随节阑。凛凛凉风升，始觉夏衾单。岂曰无重纩，谁与同岁寒？岁寒无与同，明月何胧胧！展转眄枕席，长簟竟床空。床空委清尘，室虚来悲风。独无李氏灵，仿佛睹尔容[②]。抚衿长叹息，不觉泪沾胸。沾胸安能已？悲怀从中起。寝兴目存形，遗音犹在耳。上惭东门吴，下愧蒙庄子[③]。赋诗欲言志，此志难具纪。命也可奈何！长戚自令鄙。

## 咏史八首（左思）[④]

弱冠弄柔翰，卓荦观群书[⑤]。著论准《过秦》，

---

① 《庄子·至乐》："庄子妻死，惠子吊之，庄子则方箕踞鼓盆而歌。惠子曰：'与人居，长子老身，死不哭亦足矣，又鼓盆而歌，不亦甚乎？'庄子曰：'不然，是其始死也，我独何能无概然？察其始，而本无生；非徒无生也，而本无形；非徒无形也，而本无气……人且偃然寝于巨室，而我噭噭然随而哭之，自以为不通乎命，故止也。'"

② 见前《李夫人歌》题注。

③ 《列子·力命》："魏人有东门吴者，其子死而不忧。"庄子，蒙人，故曰蒙庄子。

④ 左思，晋临淄人，字太冲，博学能文，辞藻壮丽。作《齐都》《三都》等赋，豪贵之家，竞相传写，洛阳为之纸贵。

⑤ 《礼记·曲礼》：人生二十曰弱，冠。柔翰，指笔。卓荦，卓尔不群貌。

作赋拟《子虚》[①]。边城苦鸣镝，羽檄飞京都。虽非甲胄士，畴昔览穰苴[②]。长啸激清风，志若无东吴[③]。铅刀贵一割，梦想骋良图[④]。左眄澄江湘[⑤]，右盼定羌胡。功成不受爵，长揖归田庐。

郁郁涧底松，离离山上苗。以彼径寸茎，荫此百尺条。世胄蹑高位[⑥]，英俊沉下僚。地势使之然，由来非一朝。金张藉旧业，七叶珥汉貂[⑦]。冯公岂不伟？白首不见招[⑧]。

---

① 汉贾谊作《过秦论》，司马相如作《子虚赋》。

②《史记·司马穰苴列传》载司马穰苴者，田完之苗裔也，齐景公以为将军，将兵捍燕晋之师。其后田和因自立为齐威王，用兵行威，大放穰苴之法，而诸侯朝齐。威王使大夫追论古者《司马法》，而附穰苴其中，因号曰《司马穰苴兵法》。

③ 东吴，谓孙氏。

④《东观汉记》："班超上疏曰：'臣乘圣汉威神，出万死之志，冀效铅刀一割之用。'"骋，施行。

⑤ 眄，斜视。澄，澄清。

⑥ 世胄，谓卿大夫子弟。

⑦《文选》李善注引班固《汉书·金日磾赞》："夷狄亡国，羁虏汉庭。七叶内侍，何其盛也！"七叶，自武帝至平帝七世。又《张汤传赞》："张氏之子孙相继，自宣、元已来，为侍中、中常侍者凡十余人。"珥，插戴。

⑧ 冯公谓冯唐，汉文帝时以孝为郎。荀悦《汉纪》："冯唐白首，屈于郎署。"

吾希段干木，偃息藩魏君[①]。吾慕鲁仲连，谈笑却秦军。当世贵不羁，遭难能解纷。功成耻受赏，高节卓不群[②]。临组不肯绁，对珪宁肯分[③]？连玺曜前庭，比之犹浮云[④]。

济济京城内，赫赫王侯居。冠盖荫四术[⑤]，朱轮竟长衢。朝集金张馆，暮宿许史庐[⑥]。南邻击钟磬，

---

① 《文选》李善注引《吕氏春秋》："段干木者，魏文侯敬之，过其庐而轼之。其仆曰：'干木，布衣耳，而君轼其庐，不亦过乎？'文侯曰：'干木不趣俗役，怀君子之道，隐处穷巷，声驰千里之外，未肯以己易寡人也。寡人光乎势，干木富于义。势不如德尊，财不如义高，吾安敢不轼乎？'秦欲攻魏，而司马康谏曰：'段干木，贤者，而魏礼之，天下皆闻，无乃不可加乎兵？'秦君以为然，乃止。"

② 鲁仲连，齐人，好奇伟倜傥画策，而不肯仕宦任职。赵孝成王时，秦使白起围赵，魏王使将军新垣衍说赵，尊秦昭王为帝。鲁仲连适游赵，谓平原君曰："梁客新垣衍安在？吾请为君责而归之。"乃见新垣衍，与之谈。新垣衍起再拜谢曰："吾请出，不敢复言。"秦将闻之，为却五十里。平原君欲封鲁仲连。鲁仲连辞谢，终不肯受。平原君乃置酒，酒酣起前，以千金遗鲁仲连。鲁仲连笑曰："所贵于天下之士者，为人排患释难解纷而不取也。即有取者，是商贾之事，而连不忍为也。"（详见《史记·鲁仲连邹阳列传》）

③ 组，印绶。绁，系。珪，诸侯所执玉。

④ 玺，印。后仲连为书遗燕将，燕将自杀。田单欲爵之，仲连游海上。再封，故言连玺。

⑤ 术，道路。

⑥ 汉宣帝许皇后，元帝母，元帝封外祖父广汉为平恩侯。史良娣，宣帝祖母，兄恭。宣帝立，恭已死，封恭长子高为乐陵侯。

北里吹笙竽。寂寂扬子宅，门无卿相舆[①]。寥寥空宇中，所讲在玄虚[②]。言论准宣尼，辞赋拟相如[③]。悠悠百世后，英名擅八区。

皓天舒白日，灵景耀神州。列宅紫宫里，飞宇若云浮。峨峨高门内，蔼蔼皆王侯。自非攀龙客，何为欻来游？被褐出阊阖，高步追许由[④]。振衣千仞冈，濯足万里流。

荆轲饮燕市[⑤]，酒酣气益震。哀歌和渐离，谓若傍无人。虽无壮士节，与世亦殊伦。高眄邈四海，豪右何足陈[⑥]！贵者虽自贵，视之若埃尘。贱者虽自贱，重之若千钧。

---

① 《汉书·扬雄传》："（扬雄）家素贫，嗜酒，人希至其门。"

② 雄尝草《太玄经》。

③ 《汉书·扬雄传》："人时有问雄者，（雄）常用法应之，撰以为十三卷，象《论语》，号曰《法言》。"宣尼，西汉平帝追谥孔子为褒成宣尼公；《论语》述孔子语，故曰准宣尼。又："先是时，蜀有司马相如，作赋甚宏丽温雅，雄心壮之，每作赋，常拟之以为式。"

④ 阊阖，chānghé，洛阳城西门名。许由，古之高士，尧以天下让之，由隐遁不受。校订者按：欻，xū，快。

⑤ 荆轲事见前《渡易水歌》题注。

⑥ 豪右，见前《四愁诗》注。

主父宦不达，骨肉还相薄[①]。买臣困樵采，伉俪不安宅[②]。陈平无产业，归来翳负郭[③]。长卿还成都，壁立何寥廓[④]！四贤岂不伟？遗烈光篇籍！当其未遇时，忧在填沟壑。英雄有迍邅，由来自古昔。何世无奇才？遗之在草泽。

习习笼中鸟，举翮触四隅。落落穷巷士，抱影守空庐。出门无通路，枳棘塞中涂。计策弃不收，块若枯池鱼[⑤]。外望无寸禄，内顾无斗储。亲戚还相蔑，朋友日夜疏。苏秦北游说[⑥]，李斯西上书[⑦]。俯仰生荣华，咄嗟复雕枯[⑧]。饮河期满腹，贵足不愿余。

---

① 《史记·主父偃列传》："主父偃者，齐临淄人……或说偃曰：'太横矣！'主父曰：'臣结发游学四十余年，身不得遂，亲不以为子，昆弟不收。'"

② 《汉书·朱买臣传》载朱买臣家贫，常刈薪樵，卖以给食。担束薪，行且诵书。妻亦负载相随，数止买臣无讴歌道中，买臣愈益疾歌。妻羞之，求去，买臣不能留，遂去。

③ 《汉书·陈平传》载陈平家贫好读书。家乃负郭穷巷，以席为门，然门外多长者车辙。

④ 《史记·司马相如列传》载卓文君奔司马相如，相如与驰归成都，居徒四壁。

⑤ 块，独处貌。

⑥ 苏秦，洛阳人，尝至秦及燕赵游说，皆在洛阳北，故曰北游说。

⑦ 《史记·李斯列传》载李斯西入秦，说秦王。

⑧ 苏秦为齐大夫所刺，李斯为秦二世所诛，故云。

巢林栖一枝[①]，可为达士模。

## 招隐二首（前人）

杖策招隐士，荒涂横古今。岩穴无结构，丘中有鸣琴。白云停阴冈，丹葩曜阳林。石泉漱琼瑶，纤鳞或浮沉。非必丝与竹，山水有清音。何事待啸歌，灌木自悲吟。秋菊兼糇粮，幽兰间重襟[②]。踌躇足力烦，聊欲投吾簪[③]。

经始东山庐[④]，果下自成榛。前有寒泉井，聊可莹心神。峭蒨青葱间[⑤]，竹柏得其真。弱叶栖霜雪，飞荣流余津。爵服无常玩，好恶有屈伸。结绶生缠牵，弹冠去埃尘。惠连非吾屈[⑥]，首阳非吾仁[⑦]。相与

① 《庄子·逍遥游》："鹪鹩巢于深林，不过一枝。偃鼠饮河，不过满腹。"

② 《楚辞·离骚》："夕餐秋菊之落英。"又："纫秋兰以为佩。"

③ 投簪，谓弃官。

④ 《文选》李善注引王隐《晋书》："左思徙居洛城东，著《经始东山庐诗》。"经始，始建。

⑤ 蒨，qiàn。峭蒨，鲜明貌。

⑥ 《论语·微子》："柳下惠、少连，降志辱身矣。"

⑦ 《论语·述而》："（子贡问）曰：'伯夷、叔齐何人也？'（子）曰：'古人之贤人也。'曰：'怨乎？'曰：'求仁而得仁，又何怨？'"

观所尚，逍遥撰良辰。

## 七哀诗（张载）[①]

北芒何垒垒[②]，高陵有四五。借问谁家坟？皆云汉世主。恭文遥相望，原陵郁膴膴[③]。季世丧乱起，贼盗如豺虎。毁壤过一抔，便房启幽户[④]。珠柙离玉体[⑤]，珍宝见剽虏。园寝化为墟，周墉无遗堵。蒙笼荆棘生，蹊径登童竖。狐兔窟其中，芜秽不复扫。颓陇并垦发，萌隶营农圃[⑥]。昔为万乘君，今为丘中土。感彼雍门言[⑦]，凄怆哀今古。

---

① 张载，字孟阳，晋武邑人。有才华，起家拜著作佐郎，稍迁领著作，遂称疾告归，卒于家。

② 北芒，见前《五噫歌》注。

③ 恭陵，安帝所葬。文陵，灵帝所葬。原陵，光武帝所葬。膴，wǔ。膴膴，肥沃之貌。

④《汉书·张释之传》："假令愚民取长陵一抔土，陛下且何以加其法虖？"便房，指冢圹中室。

⑤ 柙，同"匣"。《文选》李善注引《西京杂记》："汉帝及王侯送死，皆珠襦玉匣。"

⑥ 萌，通"氓"。萌隶，谓百姓。

⑦ 桓子《新论》载雍门周以琴见孟尝君，曰："臣窃悲千秋万岁后，坟墓生荆棘，狐兔穴其中，樵儿牧竖踯躅而歌其上，行人见之凄怆。"

## 杂诗（张协）[1]

秋夜凉风起，清气荡暄浊。蜻蛚吟阶下，飞蛾拂明烛。君子从远役，佳人守茕独。离居几何时，钻燧忽改木[2]。房栊无行迹[3]，庭草萋以绿。青苔依空墙，蜘蛛网四屋。感物多所怀，沉忧结心曲。

朝霞迎白日，丹气临旸谷[4]。翳翳结繁云，森森散雨足。轻风摧劲草，凝霜竦高木。密叶日夜疏，丛林森如束。畴昔叹时迟，晚节悲年促。岁暮怀百忧，将从季主卜[5]。

昔我资章甫，聊以适诸越[6]。行行入幽荒，瓯

---

① 张协，字景阳，载之弟也。兄弟并守道不竞，以属咏自娱。少辟公府，后为黄门侍郎，因托疾，遂绝人事，终于家。

② 《文选》李善注引《邹子》："春取榆柳之火，夏取枣杏之火，季夏取桑柘之火，秋取柞楢之火，冬取槐檀之火。"改木，言时序迁移。

③ 栊，房屋之窗牖。

④ 《淮南子·天文训》："日出于旸谷。"

⑤ 《史记·日者列传》载司马季主，楚人也，卜于长安东市。贾谊游市中，尝谒季主请卜。

⑥ 《庄子·逍遥游》："宋人资章甫而适诸越，越人断发文身，无所用之。"资，取。章甫，冠名。诸，于。

骆从祝发[①]。穷年非所用，此货将安设？瓴甋夸玙璠[②]，鱼目笑明月[③]。不见郢中歌，能否居然别？阳春无和者，巴人皆下节[④]。流俗多昏迷，此理谁能察？

大火流坤维，白日驰西陆[⑤]。浮阳映翠林，回飙扇绿竹。飞雨洒朝兰，轻露栖丛菊。龙蛰暄气凝，天高万物肃[⑥]。弱条不重结，芳蕤岂再馥？人生瀛海内，忽如鸟过目。川上之叹逝，前修以自勖[⑦]。

---

① 《史记·东越列传》载东海王摇者，其先越王勾践之后也，姓驺氏。摇率越人佐汉。汉立摇为东海王，都东瓯，世俗号为“东瓯王”。徐广注：“驺，一作‘骆’。”

② 瓴甋，língdì。《尔雅》：“瓴甋谓之甓。”按，长狭之砖名。玙璠，美玉名。

③ 《文选》李善注引《韩诗外传》：“鱼目似珠。”明月，珠名。

④ 宋玉《对楚王问》：“客有歌于郢中者，其始曰《下里》《巴人》，国中属而和者数千人……其为《阳春》《白雪》，国中属而和者不过数十人……是其曲弥高，其和弥寡。”

⑤ 《诗·豳风·七月》：“七月流火。”毛传：“火，大火也。”火，星名。《文选》李善注引《淮南子》：“坤维在西南。”又：“斗指西南，维为立秋。”《续汉书》：“日行西陆谓之秋。”

⑥ 《礼记·月令》：仲秋之月，蛰虫坯户。暄气，热气。凝，止留。《楚辞·九辩》：“悲哉，秋之为气也！”“天高而气清。”《诗·豳风·七月》：“九月肃霜。”毛传：“肃，缩也，霜降而收缩万物。”

⑦ 见前《咏怀》注。

述职投边地[①]，羁束戎旅间。下车如昨日，望舒四五圆[②]。借问此何时？蝴蝶飞南园。流波恋旧浦，行云思故山。闽越衣文蛇，胡马愿度燕[③]。风土安所习？由来有固然。

结宇穷冈曲，耦耕幽薮阴。荒庭寂以闲，幽岫峭且深。凄风起东谷，有渰兴南岑[④]。虽无箕毕期，肤寸自成霖[⑤]。泽雉登垄雊[⑥]，寒猿拥条吟。溪壑无人迹，荒楚郁萧森[⑦]。投耒循岸垂，时闻樵采音。重基可拟志[⑧]，回渊可比心。养真尚无为，道胜贵陆沉[⑨]。

---

① 《尚书大传》："古者诸侯之于天子，五年一朝，朝见其身，述其职。述其职者，述其所职也。"

② 《楚辞·离骚》："前望舒使先驱。"注："望舒，月御也。"

③ 《文选》李善注引苏武书："越人衣文蛇，代马依北风。"燕，指燕然山。

④ 《诗·小雅·大田》："有渰萋萋，兴雨祁祁。"渰，yǎn，同"弇"，云兴起貌。

⑤ 孔安国《尚书传》："月经于箕则多风，离于毕则多雨。"《公羊传》："触石而出，肤寸而合，不崇朝而遍雨乎天下者，唯太山尔。"肤寸，古量物之度。何休曰："四指为肤。"

⑥ 雊，gòu，雉鸣。

⑦ 楚，灌木名。

⑧ 重基，谓山。

⑨ 陆沉，隐居之意，言无水而沉。

游思竹素园[①]，寄辞翰墨林。

## 感旧诗（曹摅）[②]

富贵他人合，贫贱亲戚离。廉蔺门易轨[③]，田窦相夺移[④]。晨风集茂林[⑤]，栖鸟去枯枝。今我唯困蒙[⑥]，群士所背驰。乡人敦懿义，济济荫光仪。对宾颂“有客”，举觞咏“露斯”[⑦]。临乐何所叹[⑧]？素

① 应劭《风俗通》：“刘向为孝成皇帝典校书籍二十余年，皆先书竹，改易刊定，可缮写者，以上素也。今东观书，竹素也。”

② 摅，shū。曹摅，字颜远，晋谯国人。笃志好学，参南国中郎将，迁高密王左司马。流人王逌等侵略城邑，摅与战，军败，死之。

③《史记·廉颇蔺相如列传》载蔺相如出，望见廉颇，相如引车避匿。于是舍人相与谏曰：“臣所以去亲戚而事君者，徒慕君之高义也。今君与廉颇同列，廉君宣恶言，而君畏匿之，恐惧殊甚。且庸人尚羞之，况于将相乎？臣等不肖，请辞去。”

④《汉书·田蚡传》载窦太后怒，免丞相窦婴、太尉田蚡。蚡虽不任职，以太后故亲幸，数言事多效。士之趋势利者，皆去婴而归蚡也。

⑤ 晨风，见前《拟苏李诗》注。

⑥《易》：“困蒙，吝。”言困顿蒙昧。

⑦《诗·周颂·有客》：“有客宿宿，有客信信。言授之絷，以絷其马。”又《小雅·湛露》：“湛湛露斯，匪阳不晞。厌厌夜饮，不醉无归。”

⑧《礼记·曲礼》：“执绋不笑，临乐不叹。”

丝与路歧[①]。

## 杂诗（王赞）[②]

朔风动秋草，边马有归心。胡宁久分析？靡靡忽至今。王事离我志，殊隔过商参。昔往鸧鹒鸣[③]，今来蟋蟀吟。人情怀旧乡，客鸟思故林。师涓久不奏[④]，谁能宣我心？

## 征西官属送于陟阳候作诗（孙楚）[⑤]

晨风飘歧路，零雨被秋草。倾城远追送[⑥]，饯我千里道。三命皆有极[⑦]，咄嗟安可保？莫大于殇子，

① 《淮南子·说林训》："扬子见逵路而哭之，为其可以南，可以北；墨子见练丝而泣之，为其可以黄，可以黑。"练丝，即素丝。

② 王赞，字正长，晋义阳人，博学有俊才，辟司空掾，历散骑侍郎，卒。

③ 鸧鹒鸣，谓春时。《诗·小雅·出车》："春日迟迟，卉木萋萋。仓庚喈喈，采蘩祁祁。"仓庚，同"鸧鹒"，即黄莺。

④ 师涓，春秋卫灵公时善鼓琴者。

⑤ 征西参军，谓扶风王骏，与孙楚旧好，起为参军。孙楚，字子荆，晋太原人。

⑥ 倾城，尽城。

⑦ 三命，即三寿。古以为上寿一百二十，中寿百年，下寿八十。

彭聃犹为夭[①]。吉凶如纠缠，忧喜相纷绕。天地为我垆，万物一何小[②]！达人垂大观[③]，诫此苦不早。乖离即长衢，惆怅盈怀抱。孰能察其心？鉴之以苍昊。齐契在今朝[④]，守之与偕老。

## 答傅咸（郭泰机）[⑤]

皦皦白素丝，织为寒女衣。寒女虽妙巧，不得秉杼机[⑥]。天寒知运速，况复雁南飞[⑦]。衣工秉刀尺[⑧]，弃我忽若遗。人不取诸身[⑨]，世事焉所希？况复已朝餐，曷由知我饥[⑩]。

---

① 《庄子·齐物论》载南郭子綦曰："天下莫大于秋毫之末，而太山为小；莫寿于殇子，而彭祖为夭。"聃，谓老聃，即李耳。《文选》李善注引《列仙传》："李耳生于殷时，为周守藏史，积八十余年。后之流沙，莫知所终。盖百六十余岁，或言二百余岁。"

② 贾谊《鹏鸟赋》："天地为炉兮，造化为工；阴阳为炭兮，万物为铜。"

③ 《鹖冠子》："达人大观，乃见其可。"

④ 齐契，相契，相交深厚。

⑤ 郭泰机，晋河南人，家寒素，尝以诗激励傅咸。

⑥ 喻不被任用。

⑦ 喻年之将老。

⑧ 衣工，喻傅咸。

⑨ 《易》："近取诸身，远取诸物。"

⑩ 言已朝餐而忘我饥，犹居贵而遗我贱。

## 重赠卢谌（刘琨）[①]

握中有玄璧，本自荆山璆[②]。惟彼太公望，昔在渭滨叟[③]。邓生何感激！千里来相求[④]。白登幸曲逆，鸿门赖留侯[⑤]。重耳任五贤[⑥]，小白相射钩[⑦]。苟能隆二

① 刘琨，字越石，永嘉中为并州刺史，与卢志亲善。志子谌，琨先辟之，后为从事。

② 玄璧，同“悬璧”，即悬黎，美玉名，以喻卢谌。《文选》李善注引《琴操》：“卞和歌曰：攸攸沂水，经荆山兮。穴山采玉，玉难为功兮。”璆，qiú，玉名。

③ 太公望，即吕尚，钓于渭水之滨，周文王遇之。（见《史记·周本纪》）

④ 邓禹，字仲华，南阳人也。更始帝既至洛阳，以世祖为大司马，使安集湖北。禹闻之，自南阳发，北径渡河，追至邺谒，上见之甚欢，谓曰：“我得拜除长吏，生远来宁欲仕耶？”禹曰：“不愿也。”（见《东观汉记》）

⑤ 汉高帝被匈奴围于白登，用陈平计得脱，封为曲逆侯；又赴项羽鸿门之宴，以张良计得免。留侯，即张良。（见《史记·留侯世家》及《汉书·陈平传》）

⑥《左传·僖公二十三年》：“晋公子重耳之及于难也……遂奔狄，从者狐偃、赵衰、颠颉、魏武子、司空季子。”注：“此五人，贤而有大功故也。”

⑦《左传·僖公二十四年》载寺人披谓晋侯曰：“齐桓公置射钩，而使管仲相。”注：“干时之役，管仲射桓公，中带钩。”小白，齐桓公名。

伯，安问党与仇[①]？中夜抚枕叹，想与数子游。吾衰久矣夫！何其不梦周[②]。谁云圣达节，知命故不忧[③]。宣尼悲获麟，西狩涕孔丘[④]。功业未及建，夕阳忽西流。时哉不我与，去乎若云浮。朱实陨劲风，繁英落素秋。狭路倾华盖，骇驷摧双辀[⑤]。何意百炼刚，化为绕指柔？

## 游仙诗（郭璞）[⑥]

京华游侠窟，山林隐遁栖。朱门何足荣？未若托蓬莱[⑦]。临源挹清波，陵冈掇丹荑[⑧]。灵溪可潜

① 二伯，谓晋文、齐桓。党，谓五贤。仇，谓射钩之事。

② 《论语·述而》："甚矣，吾衰也！久矣，吾不复梦见周公！"

③ 《左传·成公十五年》："前志有之曰：圣达节。"《易》："乐天知命，故不尤。"

④ 《文选》李善注引《公羊传》："哀公十四年春，西狩获麟。……孔子曰：'孰谓来哉！孰谓来哉！'反袂拭面，涕泣沾袍。"

⑤ 辀，zhōu，车辕。

⑥ 郭璞，字景纯，晋闻喜人，博学有高才，词赋为东晋之冠。所著书有《尔雅注》《山海经注》《穆天子传注》《楚辞注》《子虚上林赋注》数十万言。后为王敦所杀。

⑦ 蓬莱，仙岛名。

⑧ 荑，tí，凡草初生曰荑。丹荑即丹芝，古谓食之可以延年。

盘，安事登云梯？漆园有傲吏[①]，莱氏有逸妻[②]。进则保龙见，退为触藩羝[③]。高蹈风尘外，长揖谢夷齐。

青溪千余仞，中有一道士。云生梁栋间，风出窗户里。借问此何谁？云是鬼谷子[④]。翘迹企颍阳，临河思洗耳[⑤]。阊阖西南来[⑥]，潜波涣鳞起。灵妃顾我笑，粲然启玉齿。蹇修时不存，要之将谁使[⑦]？

翡翠戏兰苕，容色更相鲜[⑧]。绿萝结高林，蒙笼盖一山。中有冥寂士，静啸抚清弦。放情凌霄外，

---

① 庄周为漆园吏，楚威王使使聘庄周为相，周笑曰："亟去，无污我。"因有傲吏之号。

② 《列女传》载莱子逃世，耕于蒙山之阳。或言之楚王，楚王遂驾至老莱之门。妻曰："妾闻居乱世为人所制，能免于患乎？妾不能为人所制。"投其畚而去。老莱乃随之隐。

③ 《文选》李善注引《周易》："九二，见龙在田，龙德而正中者也。"又："羝羊触藩，羸其角，不能退，不能遂，无攸利。"

④ 《文选》李善注引《鬼谷子序》："周时有豪士隐于鬼谷者，自号'鬼谷子'，言其自远也。"

⑤ 颍阳，尧时高士许由所隐。洗耳，见前《拟苏李诗》注。

⑥ 阊阖，风名。

⑦ 灵妃，即宓妃。《楚辞·离骚》："吾令丰隆乘云兮，求宓妃之所在。解佩纕以结言兮，吾令蹇修以为理。"注："使古贤蹇修而为媒理也。"

⑧ 翡翠，鸟名。兰苕，指兰秀。言珍禽芳草，递相辉映。

嚼蕊挹飞泉。赤松临上游[①]，驾鸿乘紫烟。左挹浮丘袖，右拍洪崖肩[②]。借问蜉蝣辈，宁知龟鹤年[③]？

六龙安可顿[④]？运流有代谢。时变感人思，已秋复愿夏。淮海变微禽，吾生独不化[⑤]？虽欲腾丹溪，云螭非我驾[⑥]。愧无鲁阳德，回日向三舍[⑦]。临川哀年迈，抚心独悲吒。

逸翮思拂霄，迅足羡远游。清源无增澜，安得运吞舟[⑧]？珪璋虽特达，明月难暗投[⑨]。潜颖怨青阳，陵苕哀素秋[⑩]。悲来恻丹心，零泪缘缨流。

---

① 赤松，见前《咏怀》注。

② 浮丘、洪崖，皆古仙人名。（见《列仙传》）

③ 《文选》李善注引《养生要论》："龟鹤寿有千百之数。"

④ 《楚辞·九叹·远游》："维六龙于扶桑。"注："结我车辔于扶桑以留日，幸得延年寿也。"

⑤ 《国语·晋语》："雀入于海为蛤，雉入于淮为蜃；鼋鼍鱼鳖，莫不能化，唯人不能，哀夫！"

⑥ 《文选》李善注引魏文帝《典论》："夫生之必死，成之必败。然而惑者望乘风云，冀与螭龙共驾，适不死之国。国即丹溪。"

⑦ 《淮南子·览冥训》："鲁阳公与韩构难，战酣日暮，援戈而㧑之，日为之反三舍。"

⑧ 《韩诗外传》："孟子曰：吞舟之鱼，不居潜泽。"

⑨ 《礼记·聘义》："珪璋特达，德也。"邹阳《狱中上书》："明月之珠，夜光之璧，以暗投人于道，众莫不按剑相眄者。"

⑩ 潜颖，谓萌生的芽穗。陵苕，即凌霄，花名。

杂县寓鲁门，风暖将为灾[①]。吞舟涌海底，高浪驾蓬莱。神仙排云出，但见金银台。陵阳挹丹溜，容成挥玉杯[②]。姮娥扬妙音，洪崖颔其颐[③]。升降随长烟[④]，飘飖戏九垓[⑤]。奇龄迈五龙，千岁方婴孩[⑥]。燕昭无灵气，汉武非仙才[⑦]。

晦朔如循环，月盈已复魄[⑧]。蓐收清西陆，朱羲

---

① 杂县，鸟名，即爰居。《国语·鲁语》："海鸟曰'爰居'，止于鲁东门之外三日，臧文仲使国人祭之。展禽曰：'……今兹海其有灾乎？……'是岁也，海多大风，冬暖。"

② 陵阳子明、容成公，皆古仙人名，并见《列仙传》。丹溜，即流丹，盖硫黄之类，道者所服食。《文选》李善注引《神仙传》："茅君学道于齐，不见使人，金案玉杯，自来人前。"

③ 姮娥，即嫦娥，羿妻奔月者。《文选》李善注引《列子》："颔其颐则歌合律。"颔，动。

④《列仙传》："甯封子者，黄帝时人也……积火自烧，而随烟气上下。"

⑤《淮南子·道应训》载卢敖游于北海，见一士焉。卢敖仰视之，乃与语。士笑曰："吾与汗漫期于九垓之外，吾不可以久驻。"士举臂而耸身，遂入云中。九垓，即九天。天有九重，故曰九天。

⑥《文选》李善注引《遁甲开山图》荣氏解："五龙，皇后君也。昆弟五人，皆人面而龙身：长曰角龙，木仙也；次曰徵龙，火仙也；次曰商龙，金仙也；次曰羽龙，水仙也；次曰宫龙，土仙也。父与诸子同得仙，治在五方。"

⑦ 燕昭王使人入海求蓬莱，不得。《文选》李善注引《汉武内传》："西王母曰：'刘彻好道，然形慢神秽，虽当语之以至道，殆恐非仙才也。'"

⑧ 月始曰朔，月尽曰晦。魄，月体无光处。《书·康诰》："惟三月，哉生魄。"孔传："月十六日，明消而魄生。"

将由白[①]。寒露拂陵苕，女萝辞松柏。蕣荣不终朝，蜉蝣岂见夕[②]？圆丘有奇草，钟山出灵液[③]。王孙列八珍，安期炼五石[④]。长揖当途人，去来山林客。

---

① 《礼记·月令》：孟秋之月，其神蓐收。西陆，注已见前。朱羲，指日。《汉书·天文志》：月有九行，立秋、秋分，西从白道。

② 蕣荣，即朝菌，向晨而结，绝日而殒者。（见《庄子》）蜉蝣朝生暮死。（见毛苌《诗传》）

③ 《文选》李善注引《外国图》："圆丘有不死树，食之乃寿。"《十洲记》："北海外有钟山，自生千岁芝及神草。"灵液，谓玉膏之属。

④ 言王孙列八珍以伤生，安期炼五石以延寿。安期生，亦古之仙人。（见《列仙传》）八珍，见《周礼》。五石，谓丹砂、雄黄、白矾、曾青、磁石，见《抱朴子》。

**图书在版编目（CIP）数据**

古诗源 / 傅东华选注；张蒙蒙校订．—北京：商务印书馆，2021
（学生国学丛书新编 / 王宁主编）
ISBN 978-7-100-18136-5

Ⅰ．①古…　Ⅱ．①傅…　②张…　Ⅲ．①古典诗歌—诗集—中国　Ⅳ．①I222.72

中国版本图书馆 CIP 数据核字（2020）第 032609 号



学生国学丛书新编
**古诗源**
傅东华　选注
张蒙蒙　校订

商　务　印　书　馆　出　版
（北京王府井大街 36 号　邮政编码 100710）
商　务　印　书　馆　发　行
北京市十月印刷有限公司印刷
ISBN 978 - 7 - 100 - 18136 - 5

2021 年 3 月第 1 版　　　　开本 787 × 1092　1/32
2021 年 3 月北京第 1 次印刷　　印张 7 1/4

定价：35.00 元